サトウとシオ
イラスト 和狸ナオ
JN131513
たとえばラストダンジョン前の村の少年が序盤の街で暮らすような物語
vol.13

アミジンさん！
新人さんを脅かしちゃだめですよ！

ロイド・ベラドンナ!?
なんでお前がここにい……!?
マフィアのボス、ロイドと監獄で再会!?
悪者にとっての悪夢は終わっていなかった!

ぎゃあああああ
あああああ!

可愛い女医さんたち、監獄に潜入中！
おかげで怪盗ザルコのメンタルは即崩壊!?

悪徳業者は

反省してください!
看守長ウルグド
国境監獄ジクロックを恐怖で支配する男。
ロイド、怒りのクーリングオフパンチ!
邪悪な監獄ビジネスに立ち向かえ……!?

目次 [CONTENTS]

GA文庫

たとえば
ラストダンジョン前の村の少年が
序盤の街で暮らすような物語 13

サトウとシオ

GA文庫

たとえば
シリーズ途中から
リニューアル
されたような

登場人物紹介

Character Profile

魔女マリー

雑貨屋を営む謎の美女。
正体はアザミの王女様。

ロイド・ベラドンナ

伝説の村で育った少年。
勘違いで監獄へ収監!?

リホ・フラビン

元・凄腕の女傭兵。ロイドとアザミの軍学校へ。

セレン・ヘムアエン

ロイドに呪いから救われた。彼を運命の人と熱愛。

アルカ

伝説の村の不死身の村長。
ロイドを溺愛している。

ガストン・テン

アザミ冒険者ギルドの男。
ロイドの強さに心酔。

リンコ

失踪していたアザミ王妃。
つまりマリーのお母さん。

フィロ・キノン

ロイドを師と仰ぐ格闘家。
異性としても彼が好き。

ザルコ

アザミ王を誘拐した怪盗。
当時の敗北がトラウマに。

アミジン・オキソ

ロクジョウの裏社会を支
配したマフィアの首領。

ミノキ

元・リドカイン家秘書。
トレントの魔王だった。

アスタキ

ジクロック監獄のベテラン
看守。話が分かるタイプ。

タイガー・ネキサム

筋肉自慢の格闘家。メルト
ファンとなぜか意気投合。

メルトファン・デキストロ

元・アザミ王国軍大佐。
フンドシ姿になりがち。

？？？

？？？

イブ・プロフェン

プロフェン王国の国王。
世界の真実を知る一人。

ウルグド

ジクロック監獄長。非人
道的な刑罰を与える。

プロローグ

「番号は」

「あ、はい。十番です」

石造りの床と壁、鉄格子《てつごうし》の嵌《は》められた窓からまぶしい日差しが差し込んでいても、冷たく張り詰めた空気が室内に漂っています。

中央には制服に身を包んでふんぞり返っている男性が……この部屋の重苦しい雰囲気は尊大な態度の彼が冷たい目を光らせているからでしょう。

男性に冷たい眼差《まなざ》しを向けられ、柔和な雰囲気を纏《まと》う少年——ロイド・ベラドンナは少し怯《おび》えながら返事をしました。

彼が身に着けているのはいつもの麻のシャツではなくボーダー模様のつなぎ……はい、一般的には「囚人服《しゆうじんふく》」と呼ばれるものですね。もちろん今年の流行でもなければロイドが野球チームのファンになったわけでもありません。

どうやら彼、捕まったようです。

偉そうな刑務所職員は眼光鋭く机に身を乗り出しロイドに尋ねました。

「で、名前は」

「ロイド・ベラドンナです」

その名前を聞いて男は眉根《まゆね》を寄せました。

「手元の資料にはガストン・テンと書かれているが」

「えっと、それは……」

答えにくい何かがあるのか言いよどむロイド。

少しバツの悪そうな彼の様子を見て男はこれ見よがしに嘆息してみせます。

「偽名か……おい、後で資料を訂正しておけ」

「はい、ウルグド監獄長どの」

ウルグドと呼ばれた男は尊大な態度で背もたれに身を預け資料を見直します。

「罪状は……強盗傷害、器物破損、違法薬物取締法違反、そしてわいせつ物陳列罪……顔に似合わずなかなかやるじゃないか」

「えーっと、ざいじょーってなんですか?」

首を傾《かし》げるロイドにウルグドは机を叩《たた》いて怒鳴ります。

「いまさらとぼけるな!」

「いえ、とぼけてなんていませんが」

微塵《みじん》も嘘《うそ》はついていない、という純粋な顔をするロイドにウルグドは、

「こいつは相当なタマかサイコパスってやつだな……絞《しぼ》り甲斐《がい》がありそうだ」

と、どこか嬉《うれ》しそうに、サディスティックに笑っていました。

「絞るですか？　あの僕できればダイエット方面ではなくメンタルや自己啓発……精神修養をお勉強させてもらいたくて来たのですけど」

彼の発言に監獄長は舌打ちをします。

「いいか、何度ぶち込まれているか知らんが、ここはお前の思っているような場所じゃない。規則正しい生活と健康的な食事を与えられる別荘代わりと考えているなら、その偏見を今すぐ捨てた方が賢明だぞ」

脅しのような発言。それに対しロイドは……

「あ、はい！　望むところです！　僕、精神面を鍛え直したいんで！」

ちゃんと怯えましたが、どことなく自分の求めたリアクションではなくウルグドは苛立《いらだ》ちを募らせました。

「監獄長、そろそろお時間です」

「チィ……連れていけ」

その言葉を合図にロイドの両サイドにいた刑務官が彼の脇を摑《つか》みます。

「あ、ご丁寧にどうも。足腰が不自由ではないので大丈夫ですよ」

そんな彼は退室間際《まぎわ》、

「これからよろしくお願いします！」

とまぁ部活に入りたての新人のように爽《さわ》やかに頭を下げ退室しました。

その摑みどころのない態度にウルグドはたまらず立ち上がり葉巻を一本懐《ふところ》から取り出します。

「監獄長、お仕事の途中ですが」

「黙れ、一服くらいさせろ」

傍若無人《ぼうじゃくぶじん》な態度に部下の男は困った顔をしました。刻苦《こっく》のしわが刻まれている額《ひたい》を見るに相当苦労しているベテラン看守のようですね。

立ち込める紫煙が鉄格子の隙間《すきま》から差し込む日差しに煌《きら》めくと、その様子をうっとうしそうに見つめます。

「ここにぶち込まれる人間で、あそこまで慇懃無礼《いんぎんぶれい》なタイプは初めてだな。まぁ身体《からだ》はひ弱そうだ、どうせすぐ音を上げて本性を露《あら》わにするだろうよ」

「その時が楽しみだ」と灰皿に葉巻をねじ込むとロイドが去っていった方を見やります。

「まぁせいぜい堪能《たんのう》するといい、この監獄『ジクロック』をな」

ここは大陸最大規模を誇る国境の監獄「ジクロック」。

世界各地で大罪を犯した連中、特に国を股にかけた犯罪者や国境付近で逮捕され、どの国の法律を適用させるべきか難しい人間を収容する場所です。

そんな場所とは本来無縁のロイド……いったい彼はなぜ、このようなことになったのでしょう。本当にわいせつ物陳列罪を犯したのでしょうか？　無自覚少年がついに十八禁方面で本領を発揮してしまったのでしょうか？　だとしたら一部の女性陣は盛り上がるでしょうが……

まずは無自覚少年の獄中生活一日目の前に、なぜロイドが投獄されることになったのか、その気になる経緯を皆様にお届けしましょう。

彼の端々《はしばし》から漂う空気からもう勘の鋭い方はお察しですね。はい、いつもの勘違いなんです。


それは数日前に遡ります。

アザミ王国地下研究施設。

アルカの元上司であるリンコが突貫工事で作り上げたアザミ王城の地下施設では対プロフェン王国に関する極秘資料や研究材料、外部に漏《も》らせないようなエトセトラが保管されています。

ちなみにビーカーやフラスコに緑色や赤色の液体が注《つ》がれていますが特に意味はないようです。リンコ曰《いわ》く「地下研究所の雰囲気づくり」だそうで……こういう細かい演出的な部分に無駄にこだわるタイプだと思ってください。

奥の部屋には先日アルカとの戦いに敗れ眠りについたユーグや改造人間にされた地方貴族のトラマドールが眠っています。

そしてリンコはその戦場を引っ掻《か》き回したカラクリ兵器を解体して丹念に調べているので

した。

「改めて見るとけったいな代物よねー。人を人とは思ってない、あの人が提案したんでしょうね」

あの人――おそらくイブのことを指しているのであろう発言。

思うところあるのか苦笑しながらリンコはカラクリのパーツ一つ一つをつまんで眺めています。

脈打つ有機体。かりんとうに血管が通ったかのようなグロテスクな物体は苦手な人が見たら吐き戻しそうになるでしょう。

「これがざっと三百体……ベースとなる人体をどこから調達したんだか」

リンコがぼやいているところに白いローブを着込んだ黒髪ツインテールのアルカが現れます。見た目は幼女、中身もある意味幼い……昔はクールビューティだったのですが今は見る影もないロイド大好きロリババアです。

いつもだったら底抜けに明るい登場を（誰にも望まれていませんが）心がけている彼女ですが神妙な面《おも》もちでゆっくりと歩いてきました。

「うーい、どだったアルカちゃ～ん」

リンコの軽い上司的な問いかけにアルカはツッコむことなく「ふう」とため息一つ。そして椅子《いす》に座るとコリコリ頭を掻きました。

「やーっと深層意識までダイブできたわい……あのトラマドールとかいう貴族、日に日に自我を失いつつあって焦《あせ》りましたよ」

「彼もけったいな代物の仲間入りになるところだったわけね」

「まぁ術式的なものは解呪《かいじゅ》したからそのうち元に戻るじゃろうが……興味のないおっさんの脳みそを丹念に調べるのはきつかったわい」

「ライトノベルの校正さんって大多数はこんな気持ちなのかもね……ま、それはさて置き置きましょう。

　リンコは改めてつまんだ有機体を眺めます。

「ユーグちゃんをそそのかしてここまでやっちゃうなんて……話術のスペシャリストは異世界でも健在か」

　リンコは有機体を元に戻すとビーカーとサイフォンを手にコーヒーを淹《い》れようとします。

「ともかくお疲れ、一杯やる？」

「懐《なつ》かしいですのぉ、所長のビーカーコーヒー。不衛生だと評判の悪い」

「かの人工甘味料サッカリンも実験後に手摑みでパンを食べたら妙に甘かった……って感じで偶然発見したという逸話があるわ」

「手も食器もしっかり洗います、ロイドがうるさいですからのぉ。普通のカップでお願いします」

「残念、時間切れ～」

アルカの言葉を無視してサイフォンで淹れたコーヒーをビーカーに注ぐリンコ。いたずら心は異世界に来ても変わらない模様です。

「はいどぞ」

「アッつ！　だから摑むところないから飲めませんて！　普通のカップをください！」

普通のカップにコーヒーを注ぎ直したアルカ、呆《あき》れながら今日の報告をします。

「やっとトラマドールの脳みそにあったイブの隠したがっていたものが解析できました」

「結果は」

ビーカーコーヒーを手に短く問うリンコ。

アルカは目を瞑《つむ》り答えます。

「予想通り、トラマドールはカラクリのベースになる死体をイブに提供していたようです」

「やっぱりね、でも手口が気になるわ。普通に人身売買なんかしていたら速攻で足がつくでしょ」

「前回戦ったのはおよそ三百体ほどですが何度もテストしたでしょうからのぉ」

「ざっと千人以上の死体を使っている……どうやって掻き集めたのかしら」

リンコの疑問にアルカが答えます。

「ヒントにはたどり着けました。どうもトラマドールは犯罪者を何かと理由をつけて監獄送りにしていたそうです。どこの監獄とまではわかりませんでしたが」

「その手があったか。犯罪者を事故か何かで処理してごまかす。さらに監獄のような閉鎖空間なら、非人道的な研究をするにはベストでしょうね」

　アルカはトラマドールから得た情報を続けます。

「そして一時期、トラマドールに死体を用いたカラクリ兵器量産を任せようとしていたみたいですね」

「え、あのおっさんに？　ユーグちゃんみたいに専門知識がないと難しくない？」

「どうやらしっかりとした設備と詳細な『マニュアル』が存在しているようです。イブはユーグを切り離すことも想定して誰でもカラクリ兵器を量産できるようマニュアルを作らせていたみたいですね。トラマドールから得た情報はこのぐらいです」

「イブ……エヴァ大統領が念入りに記憶を封じていたから何か隠されていたかと思ったけどビンビンビンゴね、イェイ」

　リンコは能天気にピースしてみせました。が、対照的にアルカは額に手を当てています。

「しかし監獄なんてこの世界に山ほどありますし、一個一個調べるのは骨です。話をつけて立ち入ったり、無理に調べようとしたりしてイブに気付かれたら元も子もありません」

　しかしリンコ、心当たりがあるのか笑顔を見せます。

「監獄さ、一つ心当たりがあるのよね～。超おあつらえ向きなところ」

「あるんですかえ？　その手の地理には疎くて……どこの国のですか？」

「国じゃないんだ。国境警備が所有している監獄、ジクロックってところさ」

アルカはほうと唸《うな》ります。

「なるほど、各国からの犯罪者が収容される無国籍の監獄。ならばアザミもロクジョウも全貌《ぜんぼう》を把握しきれませんな」

「世界を股にかける悪党やテロリスト……国境付近で罪を犯しどの国の法律にあてはめたらいいか難しい時なんかに収容されるみたいね。テロリストなんて素体としては優秀じゃない？」

笑うリンコ、まるで「その手があったか今度やろう」みたいなニュアンスが感じ取られアルカは呆れるばかりです。

「いいアイデアだからって真似《まね》しないでくださいよ、倫理的にアウトです」

「ナッハッハ、人生はワンナウトでゲームセットだからやらないよ～」

機会があったら絶対やるだろうとアルカは眉根を寄せます。

そして、いっそう神妙な面もちになった後、リンコに疑問を投げかけました。

「しかし、我々のいた世界に帰るために大量のカラクリ兵器などイブに必要なんでしょうか」

リンコはビーカーコーヒーをグビグビ飲みながらさらりと答えます。

「あの人の目的は『一人で』向こうの世界に帰ること。こっちの世界を都合のいい誰かに統治させるとか崩壊させるとかして私を足止めすることが目的でしょうね」

「それだけのために……？」

「するする～、イブことエヴァ大統領は目的のためなら何でもするわ。不老不死&独り占めしたルーン文字のメカニズムで現実世界を掌握したいのよ」

リンコはコーヒーを飲み干すとほんのり後悔をにじませ言葉を続けます。

「しかし私が積みゲー消化に明け暮れていた間に着々と計画を進めていたなんてね……中央大国プロフェンも『不老不死ならどのくらいで国を掌握できるか』のシミュレーション感覚で建国し周辺国を統治したんでしょうね」

「なおのことこの凶行は止めねばなりませんね。死体に魔王の力を施して何度も何度も再利用させられてはワシやコンロンの村人でも苦戦を強《し》いられるでしょう」

「んでもって死体が増えるほど敵の勢力が増していくアンデッド集団……ゲームやラノベでよくあるパターンね。そういえばロクジョウのお后様《きさきさま》もアンデッドにさせられていたとか聞いたし、だいぶ前からの構想だったようね。私の居場所ができちゃったこの世界を好きにさせてたまるものですか」

リンコの目は静かに燃えていました。出し抜かれたことに対する憤り、戦い甲斐のある相手、愛する子供を守ること……色々ない交ぜになっているのでしょう。

彼女を落ち着かせるような声音でアルカは話を戻そうとしました。

「話を戻しますぞ……一か所に絞られましたがまだ確信は持てませんね」

「そうね、確証もなくいきなり踏み込むのは悪手。簡単に設備やマニュアルが見つかるとは思えないわ。まずは探りを入れましょう」

「探り……とは？」

「設備の証拠やマニュアルゲットのために、ちょ〜っと無実の罪で投獄されてもらうのさ」

稚気溢《ちきあふ》れる笑みのリンコ……大昔何度も見かけ、その度に振り回された記憶を思い出したアルカは思い出し疲れで肩が重くなったのでした。


そして数日後——

リンコがマスターを務める冒険者ギルドの最上階にはリンコ不在の間ギルド長を代行していたカツ・コンドウと両手に盾《たて》を構えた屈強な男がいました。

「頼まれてくれるね、ガストン君」

盾を構えた男、ガストンはシンバルのように盾を鳴らし豪快に笑います。

「もちろんでさぁギルド長！　仲間を守るため体を張り続けて幾星霜！　盾男ガストン・テン！　喜んでどこにだってぶち込まれに行きます！」

インテリヤクザ風の男、カツはメガネを直した後、感謝の弁を述べます。

「悪いなガストン……今回の件はロイドの兄貴たち士官候補生には任せられなくてな。フェイクとはいえ前がついてしまうと今後の人生に影響が出てしまう……子供にはさせられない」

前……前科のことですね。

「もちろんですよカツ代行！　そして！　冒険者ギルドでも屈指の耐久力を誇る俺《おれ》！　スライム三百匹に囲まれて無事に生還した男！　ガストン・テンに白羽の矢がぶっ刺さるのはある意味必然でしょうなぁ」

カツとリンコは顔を見合わせアイコンタクトで会話し始めます。

（顔が犯罪者っぽいからとは……）

（言わない方がいいわよねぇ）

悪人顔で笑っているガストン。確かに今日明日捕まっても「あー」とご近所さんに言われそうなキャラクター造形ですね。良く言えばVシネマ系とでも言うのでしょう……もっとも序盤で殺されそうな顔ですが。

同席しているアルカは少し頼りなさげな彼を見て不安な顔をのぞかせました。

「ホントに大丈夫なのかコヤツ」

「まぁ抜けている部分は多々ありますが……ポジティブで度胸もあるので信頼できますよ。呼べばすぐ来てくれますしヤバめの案件も二つ返事で引き受けてくれますので重宝しています」

つまり「俺がいないと店が回らない」と思い込み張り切っているバイトリーダー的ポジションの男なのでしょう。

アルカは不安の表情から一転、同情の眼差しを彼に向けています。

「ワシ、トラブルの度に色々と役職を兼任させられる社員を思い出してしまったわい」

「やらかしは多いけど何でもやってくれる冒険者ギルドの初期メンバーだよん」

ガストンはシンバルのように盾を鳴らしてやる気十分です。

「初期メンの誇りにかけてお任せください！　四人で人体実験とはなんたる悪行！　必ずや怪しい設備を探ってみせますとも！」

「うんうん、というわけで――」

ガシャガシャうるさい彼を咎《とが》めることなく、リンコは満面の笑みで何か書類を取り出しました。

「さっそくだけど捕まった時の罪状を考えないとね」

ウキウキのリンコが気になりつつもガストンは提案します。

「罪状ですか、やはり盾使いとしては身内をかばって手を上げてしまったとかが理想ですな」

が、即座にダメ出しが飛び交います。

「そんな普通でいいのかのう？　アザミの人間が国境監獄に収容されるんじゃよ」

「もちょっとひねりってのが欲しいよね」

舞台監督張りのダメ出しにガストンは思わず「え？」と聞き返してしまいます。

「ここは窃盗《せっとう》もプラスして窃盗及び暴行罪なんてどうじゃろうか？」

「いーねーアルカちゃん、それいただき」

「ぬはは、アイディアマンのアルカちゃん爆誕じゃ」

アルカを賞賛するリンコ、彼女はまんざらでもない顔で胸を反らします。

そうなるとカツも負けじと参加してきました。彼リンコに褒《ほ》められたいんですよ。

「ここは一つ違法薬物取締法違反も加えてみましょうか」

「ヤクブツ？」

怪訝《けげん》な顔で聞き返すガストン。ちなみに彼、酒もたばこもやりません。給料の大部分は食費と飼っている猫に費やしています。

「うーむ売人って感じかのぉ？」

おっとここでアルカの物言いが。しかしカツは冷静にメガネを押さえるとプレゼンを続けます。

「そう思うでしょう……ガストン、口元を吊《つ》り上げて笑ってみてくれ」

「こ、こうですか？」

その笑顔を見た瞬間リンコとアルカは沸き上がります。

「うわー！　わっる！」

「ちょっとガストンとやら！　こんな表情を隠していたのは卑怯《ひきょう》じゃぞ！」

いわれのない理由で卑怯と罵《ののし》られガストンは「すいません」としか言えませんでした。

「キャラ的に吸うタイプだけど、この顔は売っているタイプだね～。どっちにしようか悩ましいなぁ」

「いっそのこと両方はいかがでしょう」

「ナイスじゃカツ！　売るし使うし！」

盛り上がるアルカはガストンに色々要求し始めました。モデルのカメラマン張りの盛り上げ口調です。

「うむ！　ガストンとやら、ちいと地べたにしゃがむ感じで……そして半目で睨《にら》んでみとくれ」

「こ、こうか？」

新たなポーズを要求され律儀にこなすガストン。それは外れることなく盛り上がります。

「あー悪い！　根拠なく政治を恨《うら》んでいるわこの顔！」

「社会のルールから外れている感が増しましたね」

「銅線盗んで売ったお金で安酒を飲んでいそうじゃわい」

こんな感じでその日一日おもちゃにされ、ガストンの偽罪状……監獄収容の資料は作成されていったのでした。

「くー楽しい！　あっはっは！」

朗《ほが》らかに笑うリンコ。

それが自分の首を絞めることになるとはこの時のリンコには想像もつかなかったのでした。


「思ってたのと違う」

とある国境付近の食堂にて、ガストンは牛丼を頬張《ほおば》りながらボヤいていました。

アザミ王国のため、何より冒険者ギルドのため……良かれと思って快諾した監獄調査。

しかし気が付いたら罪状大喜利が始まりそれが想像以上に盛り上がり、あれよあれよと窃盗や暴行、器物破損に違法薬物取締法違反及びわいせつ物陳列罪までつけられたのでした。

潜入調査のためのフェイクとはいえ、さすがのガストンもこれには堪《こた》えた模様です。まぁ小一時間ずーっと「うわー悪い」とか「それっぽい」って言われ続けましたからね。

「薬物使って窃盗して暴行して物を壊す……しかも下半身丸出しで、か」

確かに辛《つら》いでしょうね、特に下半身丸出しの部分。

そして彼が憂鬱《ゆううつ》なのはそれだけではありません。

「なんか盛り上がっていたから止められなかったけど……ちょっと罪が多すぎないか？」

そう、ノリで罪が増えたせいで普通に刑期が長いのです。一応頃合《ころあ》いを見て助けてくれるとは言っていましたがその頃合いがいつなのか……特にリンコのこと、忘れてそのまま十年放置とかになったらどうしよう、普通にお勤めをごくろうさまするハメになったらどうしよう……とまぁ今になって怖くなってきたようです。十年って具体的な刑期をイメージできちゃったら、こうもなりますよね。

そうなるとこの普通の光景もドンドン愛《いと》おしくなってくるようです。

「猫はカツ代行が世話をしてくれるからいいとして、心残りは飯だよな……味わって食わないと」

食べることも大好きなガストン。当分食べられないシャバの飯を堪能するのでした。

「怪しい設備やマニュアルを見つけられず、忘れ去られたら十年……いやいや、そんなことはないだろうけど……おっちゃん！　牛丼もう一杯！　生卵マシマシで！」

まだ潜入の手助けをしてくれる人間が来るまで時間はある。ガストンは時間いっぱいまで牛丼をお代わりし続けます。

結局合計七杯も牛丼をかっ食らってしまったガストン……これがのちの悲劇になるとは思いも寄らなかったのでした。


暖かな日差し差し込む山の麓。

木漏れ日の下で岩に腰を下ろしガストンはジクロックへの連行馬車を待っていました。冒険者ギルドの息のかかった国境警備隊員に協力を仰《あお》ぎ潜入させてくれる手はずになっているとのこと。

「のどかだなぁ」

自慢の盾を二つ抱えながら流れる雲を見て「あの雲、猫に似ているなぁ」なんてボーッとしていると街道の方から不意に声をかけられました。

「あれ？　あなたは冒険者ギルドの」

「あ、ロイドの兄貴！」

いつものリュックに柔和な笑顔がまぶしい栗毛の少年ロイドが見知った顔を見て声をかけてきたのでした。ちなみにガストンは力試しと称してロイドに戦いを挑み死にかけてから兄貴と慕うようになりました。

「お疲れさまですロイドの兄貴！　今日は旅行ですか⁉」

「いえ、お仕事です。ちょっとロクジョウの方に荷物運びを頼まれまして、その帰りなんです」

「ほほう、ご精が出ますなぁ」

「アザミの王様からは『見聞を広げるため色々観光してもいいよ』と一週間の時間をいただきましたが士官学校の授業もあるので早めに帰ってきちゃいました」

ガストンは「さすがです」と唸りました。

「殊勝ですなぁロイドの兄貴は」

「ガストンさんもお仕事ですか？　国境付近で冒険者ギルドへの依頼とか」

そう問われガストンは考え込んでしまいます。この任務はロイドや士官候補生たちには内緒にしておきたい極秘ミッション。どうごまかして伝えたらいいのか……しかしあまり嘘はつきたくない……

ガストンは頭の中をこねくり回します。

「えーそうですな、修行みたいなものです」

「修行？　アスコルビン自治領の方に行くのですか？」

「いえそういう本格的なものというより……うーぬ」

詮索《せんさく》されさらに考えるガストン。次に出た言葉は……

「まぁ自己啓発や精神修養の一環——とでも申しましょうか」

「精神修養？　メンタルトレーニングですか？」

なんとかごまかせそうだと踏んだガストンはメンタルの方向で話を進めます。

「そうです、自分に足りないものは精神……メンタル部分だと思い、これから長い間極限の地にて自らを鍛え直しに行くつもりです」

ロイドは目を輝かせて聞いていました。

「修行⁉　うわぁ、すごいですね！」

「いえいえセミナー合宿みたいなものなので、それほどでも」

いますよね、嘘をつくとき自分を良く見せる方向でつきたがるタイプ。

そんなことなど知らないロイドは感心していました。

「スゴいですね……実は僕も最近思うんです、自分に足りないのは自信、メンタルなんじゃないかって。もっと自信をつけて前向きになればもっと強くなれるんじゃないかと」

ガストンはたまらずフォローします。

「ロイドの兄貴は強いじゃないですか」

「あはは、その言葉を素直に受け止められないのがダメなのかもですね。ぜひ行ってみたいですね、その精神修養合宿」

国境監獄ジクロックとは言えず、どうごまかすかガストンがまたまた頭をひねったその時でした。

「そうですなぁ……ぬぉぉぉ⁉」

ガストンの頭ではなく腸が悲鳴を上げました。

どうやら牛丼生卵付きをたらふく食べた彼のお腹《なか》が急に下ったのでしょう。

「ぬ、くぅ、ひぃ」

脂汗《あぶらあせ》を額ににじませるガストンにロイドは困惑します。

「ど、どうしました？」

しかしカッコつけのガストンは「お腹を壊しました」と言うのは恥ずかしいのか「なに、ちょっと」とごまかし山の中へとフラフラ歩いていきます。

「が、ガストンさん」

「野暮用《やぼよう》です、俺のことは気にしないで。この盾をちょいと預かっていてください」ニカッのっぱらで用を足すんですね、わかります。

強がって笑いながら内股で山中へ消えていくガストン。

自慢の盾を二つ渡されたロイドはポツンと一人街道脇で佇《たたず》むしかありませんでした。

「ちょっとって、どれくらいだろう」

しばらく待つロイド。しかしガストンが帰ってくる気配はありません……彼の腸内フローラとの格闘は延長戦にもつれ込んでいる模様です。

「何かあったんだろうか……」

様子を見に行こうかどうしようか、ロイドがそう考えたその時でした。

パカラッパカラッ……

一台の物々しい馬車がロイドの前に止まります。そして中から軍人のような制服を着た厳格そうな男が二名降りてきました。

どうやら国境警備の人間のようですね。彼らはロイドの前でお互い顔を見合わせます。

「彼でいいのか？　話ではもっと厳《いか》つい人物と聞いていたが」

「しかし、あんな大きな盾を二つも持っている……彼に違いないだろう」

「そうだな、きっと厳ついのは人物ではなく盾のことを指していたのだろう」

なんか勝手に解釈した後、二人はロイドに近寄ってきました。

「すみません、お迎えに上がりました……例のアレです」

『例のアレ』の部分で少し声を潜める国境警備の人間。

「アレですか？」

「はい、アレです……冒険者ギルドの方から頼まれた……」

アレとぼかされ会話の断片からロイドは色々推測し始めます。

（冒険者ギルドの方から？　もしかしてこの人たちがガストンさんの言っていた精神修養セミナー合宿のスタッフさんかな？）

先ほどのガストンのごまかしを真に受けてそう推測するロイド。

そしてさっき急にこの場を離れたガストンの行動をこう解釈したのでした。

（きっとガストンさんは僕が行ってみたいと言ったから譲ってくれたんだ。理由も告げず山の中に入ったっきり帰ってこないもの）

多くは語らずロイドに譲るためカッコ良くこの場から離れた……彼なりの優しさと解釈した模様です。実際は紙がなく、尻《しり》を拭《ふ》けそうな葉っぱを求めしゃがんだまま山中行軍している究極に情けない状況なのですが。

奮闘中の彼に向かってロイドは手を合わせ感謝の意を示しました。

「ありがとうございます、ガストンさん」

そして決意に満ちた瞳《ひとみ》で国境警備の人間に向き直りました。

「お世話になります！　よろしくお願いします！」

元気に一礼する彼を見て二人は「やっぱこの子が依頼人だ」と確信したようです。

「私たちにできるのは収容所に君を連れていくことぐらいだ、その先は手助けできない」

「覚悟の上です！　最後は自分との闘い……修養所で必ず結果を出してみせます！」

収容所と修養所……奇跡的に会話が嚙《か》み合ってしまいましたね。

勘違いをしたままのロイドを乗せ、馬車はジクロックへと彼を護送していったのでした。

そして物語は冒頭に戻ります。

というわけで完全に精神修養の合宿と勘違いしたロイド、到着し言われるがまま番号を割り当てられ囚人服に袖《そで》を通し今に至るというわけです。

収容所を修養所と間違える勘違い＆ガストンのケアレスミスが奇跡的に重なっただけの状況。普通だったらここまで来たら違和感を覚えるはずなのですが……

「なんかすごく精神を鍛えられそうな雰囲気だ……」

そうです、考えようによっては冷たい看守も厳しいスタッフとも思えますし、囚人服も体形の変化がわかるダイエット向きの服装とも捉えられますし、監獄のぬくもりの欠片《かけら》も感じられない造りですらそれっぽく思えてしまったようです。

嵌め込み式の木枠の窓の外からは病棟や独居房、物々しい装備に身を包む看守が目を光らせる看守棟などが日に飛び込んできます。

それらを見やりながら、薄暗い廊下を複数の囚人と手錠に繋《つな》がれ練り歩くロイド……周囲の人物は全員人相の悪い屈強そうな男ばかり。首筋や手首などにタトゥーが見え隠れしており街中で声をかけにくいタイプですね。

その中で場違いなくらい幼く気の弱そうなロイド、そんな彼に一人の陽気な囚人が興味本位で尋ねてきます。

「おうボウズ、おめー何してここに来た？」

犯した罪について尋ねる囚人。

しかし何の罪も犯していないロイドは首をひねった後こう答えます。

「いえ何も……強いて言うなら自分の心が弱かったからですかね」

その返答に囚人は大笑いします。

「ハッハッハ！　突き詰めたらここにいる大半はそうかもな！」

「違いない、哲学ってやつかボウズ。クハハ」

つられて他《ほか》の囚人も笑いました。

「こら！　静かにしろ！」

看守の一言で黙らされる囚人たち。

ピリピリしている看守は釘《くぎ》を刺すように注意します。

「お前らぶち込まれるのが何度目か知らないが、ここは他とは一味違うぞ。今までと同じと思うなよ」

「何が違うんですか？」

素朴なロイドの問い。まるでとぼけて挑発しているかのような振る舞いに囚人はクスクス笑います。

「明日から身をもって味わうことになるだろうな」

吐き捨てるような看守の言葉をロイドは真剣に受け止めます。

「はい！　頑張って人として成長してみせます！」

前向きすぎて逆に挑発しているような感じ……囚人たちはクスクス笑ってしまいました。

看守は困り顔になりながら手元のリストに目を通します。そのリストのロイドの名前の横には要注意人物とウルグド監獄長直々のサインが記されていました。

「まったく、そんな態度だから監獄長に目をつけられるんだ」

そして彼が通される部屋番号を見て「可哀想《かわいそう》に」と呟《つぶや》いたのでした。

「だからあの爺《じい》さんと同じ部屋にさせられるのか……可哀想にな」

「アスタキ看守、あの爺さんってなんですか？」

新人らしき看守がアスタキと呼ばれたベテラン看守に聞くと、彼は脅すように答えます。

「数か月前に入ってきた爺さんだがな、妙におどおどしていて人畜無害なタイプと思いきやとんでもない奴《やつ》なんだ」

「とんでもない？」

「一緒の部屋に入った囚人は日に日に痩《や》せ細っていくんだ。おまけに木の化け物が出たとか出ないとか幻覚を見るらしい」

「木ですか」

「らしいぞ。見てくれが見てくれだから嘗《な》められるんだ、んで上から目線でキツく当たってくる同居人を病棟送りにしている。大人しくしていれば何の問題もないらしいが」

「それって囚人同士の暴行じゃないですか」

「証拠がなきゃどうしようもない、この監獄のアンタッチャブルの一つだよ」

アンタッチャブルと聞いて新人看守は苦い顔をします。

「この監獄多いですよね、アンタッチャブルというか面倒な人物」

「あぁ……特に一名、群を抜いているな」

「ウルグド監獄長、ですね」

ベテラン看守のアスタキは「滅多なことを言うなよ」と目でたしなめます。

「あの人は別格だ、歴代監獄長の中でも随一のサディスト。それだけじゃない、ジクロックのスポンサーを知っている唯一の人間だ……逆らったら強権で俺たちもあの囚人の仲間にされちまうぞ」

「ジクロックのスポンサーって本当にいるんですかね？」

「いるだろうよ。どうやってこんな辺境の地のバカでかい監獄を運営する費用を捻出《ねんしゅつ》しているかは謎《なぞ》だがな」

小声で話し続ける看守たち。そして収容所に案内されたのは夕方を過ぎた頃でした。

ショーウィンドウのように並べられ中が丸見えな牢屋《ろうや》。見る方からしたらスタイリッシュなマンションと言いきれなくもないですが、住む方からしたら苦情が殺到するタイプのデザイナーズマンションと言えるでしょう。

新たな仲間の登場に鉄格子の隙間から囚人たちは楽しそうに覗《のぞ》いてヤジを飛ばしてきました。

「おい！　お前また来たのかよ！　懲りねえなぁ！」

「うるせえ！　とちったんだよ！」

「あ、アイツ見たことあるぜ！　とうとう捕まったか！　ざまあみろ！」

「どこのどいつだ！　顔覚えたからなオイ！」

けったいなヤジが飛び交う様子をキョロキョロ見回すロイド。

「オイオイ！　今回はガキもいるぞ！　いつからここは託児所になったんだ看守さんよぉ！」

そんなやり取りを見てロイドは……

「僕みたいに自分から望んで修養所に入ったわけじゃない人もいるみたいだ」

まぁ世の中にはそういう方もいらっしゃいますからね。落ち着きがないから茶道を習わせたりとか道場に通わされたりとか……そんなイメージをするロイドですがそんな可愛《かわい》いものじゃないんですけどね。

各々牢屋に入れられていき、ロイドの番になりました。

「お前はここだ」

ロイドが案内された部屋に獄中が少しざわつきます。

「新人、しかもガキがアイツと同室か」

「可哀想になぁ」

そんな声が飛び交う中、ロイドは恐る恐る牢屋の中に入りました。塗装は剝《は》げ錆《さび》が露出している鉄枠のベッドや水垢《みずあか》がこびりついた洗面台、赤茶けたむき出しのトイレ……

「すごいところだ……こんな場所で過ごすことで精神修養になるのか。まるで監獄だ」

まるでっていうか監獄なんですけどね。

そんな物珍しそうに眺めるロイドの視界にちょこんとベッドの上に座っている小さな男性の姿が飛び込んできました。

影薄そうで幸も薄そう。キャップで隠れていますが髪の毛も薄そうなメガネの壮年男性……見知った顔の登場にロイドは驚きました。

「あれ？　あなたは……」

その聞き覚えのある声に壮年男性もびっくりします。

「ん？　おぉ！　君は！」

「スレオニンさんのところの秘書さん」

「アラン坊ちゃんのご友人、ロイド君ではないですか」

ロイドの監獄での同居人、それは地方貴族でアランの父スレオニンの秘書ミノキでした。

秘書ミノキ。

かつてソウ、ショウマにそそのかされトレントの違法栽培に手を染めてしまった男。

影の薄さやスレオニンのぞんざいな扱いに積もっていた負の感情が爆発し、トレントの魔王アールキングにとり憑《つ》かれ……ロイドに「コスプレしてはっちゃけている人」と勘違いされ倒された何とも可哀想な男です。

どうやらその後、この国境監獄ジクロックに収容されたというわけですね。

ミノキはキャップを外すと深々と頭を下げました。

「そ、その節はどうも」

ロイドもつられて頭を下げます。

「い、いえこちらこそ」

ちなみにロイドの中では悪党というよりスレオニンに気に入られるためトレントのコスプレをして周りに迷惑をかけてしまったおじさんという認識です。

そんでもってホテルの従業員の立場として注意したけど正直言いすぎたなと反省しているロイドも申し訳ない気持ちでいっぱいなのでした。

ミノキは深々と頭を下げるロイドに素朴な疑問を投げかけます。

「しかし君みたいな子がなんでこんな辺境の収容所に?」

「僕、自分を鍛えたくてこの修養所に入りました。代わってもらったんですよ」

ロイドの返答にミノキは首を傾《かし》げますが……

「私みたいな凡人の考えは、君みたいなスゴい人の考えることには及ばないのでしょうなぁ」

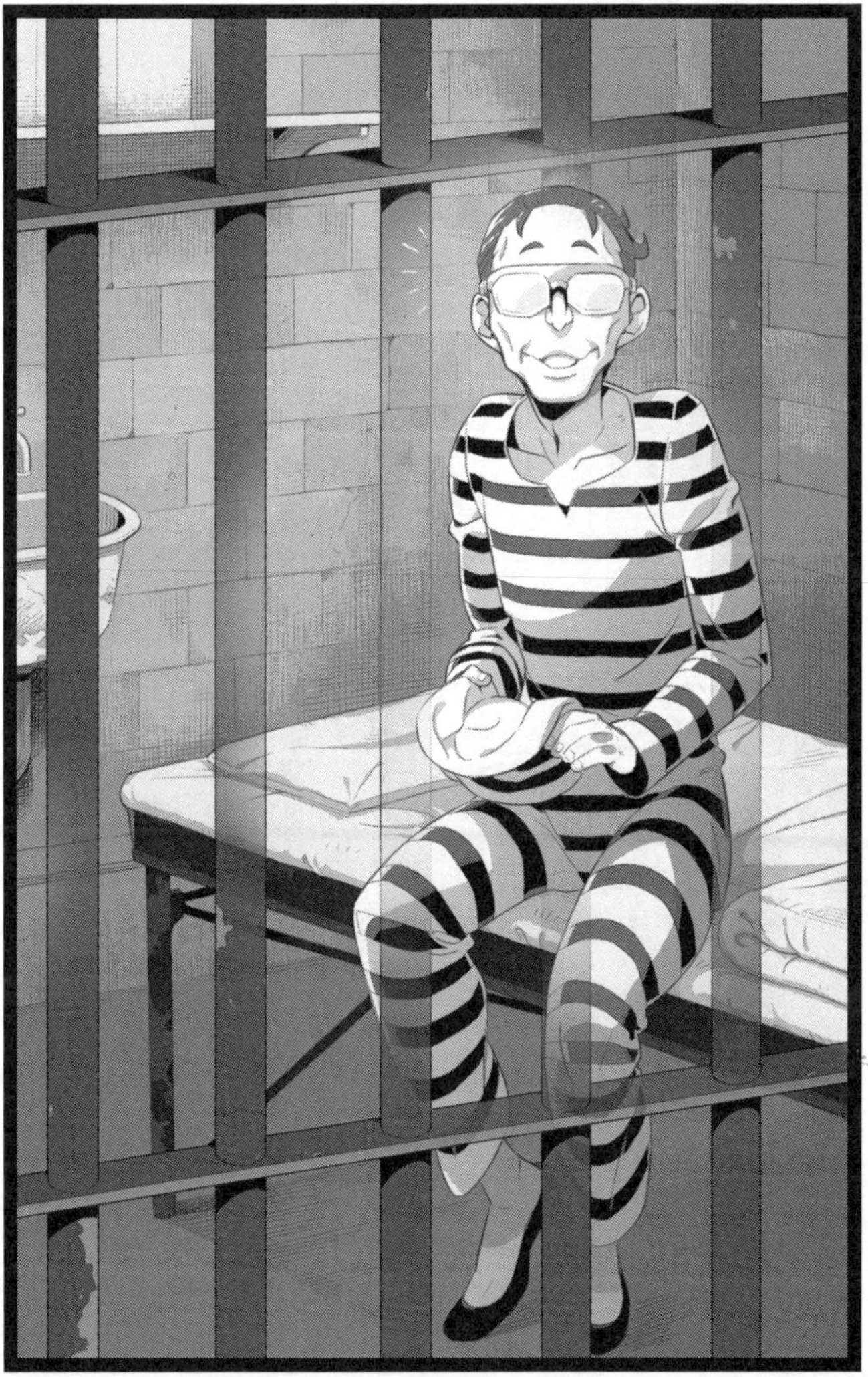

と笑って考えるのをやめたようです。

「ミノキさんはスレオニンさんに言われてここに？」

「まぁそんなところです。旦那様やアラン坊ちゃん、ホテルの方々には本当に悪いことをしました……」

遠い目をして懺悔《ざんげ》するように吐露するミノキ。

暗い顔をしていたかと思えば、次の瞬間笑顔で先の事件の顛末《てんまつ》をロイドに伝えます。

「ただ、あの一件でスレオニンの旦那様も私をぞんざいに扱ったことを謝罪してくれました。旦那様の尽力もありもう少しでここを出ることができるんです」

「そうなんですか、許してもらえて何よりです！」

頭を掻いて照れるミノキ。孫に褒められるお爺ちゃんといったところでしょうか。

「度々こちらに面会しにご足労いただいて……アラン坊ちゃんや君の活躍は耳にしましたよ。なんでも――」

ミノキの会話の途中で看守の鋭い声が監獄内に響きます。

「私語を慎《つつし》め！　そろそろ消灯時間だぞ！」

その言葉に今日入ったばかりの新人四人が檻《おり》越しに文句を言い放ちます。

「あぁ⁉　夕飯食ってねーぞ！　抜きかコラ！」

「うるさい！　代わりに鉛玉でも食らわせてやろうか！」

そのやり取りを聞いたミノキはベッドに腰を下ろし嘆息します。

「初日から厳しい洗礼だね。よっぽど目を付けられた人でもいたのかな?」

それが自分のこととは知らずロイドは笑いました。

「夕飯抜き……これも修行の一環なんですかね?　僕ダイエットコースじゃないんだけどなぁ。巻き添え食らっちゃったのかな?」

ダイエットとはなんぞやと思うミノキは私物入れからパンを取り出しました。

「よかったらこれを食べなさい」

「え?　いいんですか?」

ミノキは笑って差し出します。

「年のせいか食べるスピードが遅くて食堂から持ち帰ったんですよ。賞味期限も大丈夫、その代わり……」

「その代わり?　なんでしょう」

「アラン坊ちゃんの学校での様子など教えてもらえませんか?　あの子の斧《おの》を磨くのが私の日課だったんですが、ちゃんと手入れはしていますか?」

「毎日やっているみたいですよ!　それと最近はですね……」

パンを口に頬張りながら小声で近況を報告するロイド。

そして監獄は消灯、明日から無自覚監獄生活がいよいよ本格的にスタートします。

第一章

たとえばドッキリだと全然気が付かない芸人のような少年の奇跡的な監獄生活

ロイドの無自覚監獄生活一日目。

「起床ッッッ！」

看守による野太い声のモーニングコールに叩《たた》き起こされ、一斉にもそもそと着替えだす囚人《しゅうじん》たち。

ボーダーのレトロな囚人服はシワだらけ、彼らの心を表しているかのようです。

そんな中、朝に強いロイドはテキパキと動きます。

「ロイド君おはよう。早く動かないと怒られるんだけど……って忠告する必要はなかったみたいだね」

感心しながらミノキは囚人服に袖《そで》を通します。

「おはようございますミノキさん。いつも朝早いのでご心配なく」

そして朝の点呼を終え、ロイドたち囚人はゾロゾロと食堂へと連れられていきます。

「ここが食堂だよ、トレーを持って並んで好きなところで食べるんだ」

ミノキに案内されるロイド、ウキウキ気分で見回しています。

「わぁ、学食みたいな感じですね」

「楽しそうだねロイド君」

「あ、ハイ。僕、作る側の人間だったので朝ご飯が用意されているのが嬉《うれ》しくて」

「ハッハッハ、なるほどなるほど」

食堂で働いたりマリーの雑貨屋で居候しているロイドにとって新鮮な状況なんでしょうね。

こんな朗《ほが》らかなやり取りを曰《いわ》く付きのミノキと交わしているものですから、囚人や看守は物珍しそうに二人を見てきます。

「なんだアイツ、平気そうじゃねーか」

「しかも上手《うま》く取り入ったみたいだ。もしや詐欺《さぎ》でぶち込まれたのかアイツ」

「年の差なんて感じさせないいっつーか、初めて会ったとは思えないな」

確かに初対面ではないんですけど仲良くなるのは得意な方ですね、彼。

ロイドのことを「やり手の詐欺師」か何かかと疑いたくなるくらいの打ち解けっぷりに気になる囚人がチラホラと。

その視線が気になったのかロイドは改めて周囲の囚人たちを見回しました。目が合ってすぐ逸《そ》らす囚人もいれば我関せずと黙々と食事をとる囚人、そして一つのテーブルを占拠するグループに目が留まりました。

そこに目がいった瞬間、ミノキがそれとなく忠告します。

「ロイド君、あまりジロジロ連中を見ちゃダメだよ」

「あ、はい」

言われた通りすぐさま視線を逸らすロイド。ミノキは小声でテーブルを占拠しているグループについて話しだします。

「あそこにいるのはB棟のグループだ」

「ビー？　ですか」

「うん、我々がいるA棟と比べて凶悪な連中がいるところとだけ覚えておいてくれ」

「なるほど、ハードなトレーニングが必要な方々ってことですね」

精神修養セミナーの合宿だと勘違いしているロイド、どうやら特別メニューを組まれている跳ねっ返りと認識した模様です……ニュアンスはあながち間違ってはいないんですけど。

「あれはその中でも特に凶悪。ロクジョウ王国を乗っ取ろうとした大悪党のグループさ。色々な意味で超有名人だからといってジロジロ見たら変な因縁つけられるよ」

「有名人ですか？　色んな意味で？」

「あぁ、表の顔も裏の顔もね」

そんな会話をしているちょうどその時です。ロイドと同じ日に入った囚人がヘラヘラ笑いながらそのグループに近寄っていきました。

「よぉ有名人。アンタのこと雑誌で見たことあるぜ、名俳優さんよ」

グループの中心にいる男は虚空を見たまま一瞥《いちべつ》もくれることなくヘラヘラ笑う囚人のことを無視します。

黒髪にスレンダーな体躯《たいく》、イスにもたれかかる姿が何とも画《え》になる伊達男《だておとこ》でした。

「なぁ本当なのか？　国一つ乗っ取ろうとしたって？　眉唾《まゆつば》もんだけどな」

どうやら噂《うわさ》を信じていないようで囚人はグイグイ詰め寄ります。

「なぁ本当のところどうなんだよ――」

次の瞬間、取り巻きの囚人たちが一斉にヘラヘラ笑う囚人を取り囲みます。新人囚人は笑顔を引っ込め思わず両手を挙げました。

「な、なんだよ。俺《おれ》はただ――」

「ただ、なんだ？」

ドスの利《き》いた声音で中心にいる黒髪の男は立ち上がります。

「た、ただ……」

「本当かどうか身体に刻んでやろうか？　俺がロクジョウ王国を乗っ取ろうとした昇青竜党の頭で映画『ロクジョウの休日』の主演、アミジン・オキソだってな」

グィっと胸ぐらを摑《つか》むアミジンを看守からは取り巻きが壁を作って見えないようにしています。

「命が惜しかったら下手に絡《から》んでくるんじゃねーぞ。こっちは無期懲役、うっかり何かしても刑期は増えようがないからな」

実にドスの利いた脅しに興味本位で近寄った囚人は這《は》うように逃げ出しました。

ミノキはその様子を見て、メガネを押さえながらロイドに忠告します。

「あれは名俳優アミジンだ。あの有名人がなぜ、と最初は驚いたけど国家転覆を目論《もくろ》んでいたと耳にしたよ。取り巻きも堅気じゃなさそうだし、嘘《うそ》ではないみたいだね」

「あのアミジンさんですか？」

「あぁそうだよ……おっと、外から来た君の方が新聞とかで詳しいのかもしれないね。それとも映画を見たことがあるとかかな？」

ロイドは何ともいえない顔でアミジンたちの方を見て答えました。

「なんていうか、ちょっとした知り合いです」


さて、懐《なつ》かしの面々とロイドが遭遇したその頃《ころ》……アザミ王国では何が起きていたのでしょうか。

冒険者ギルドの最上階――そこにはリンコとカツ、そして正座しているガストンがいました。

「…………で、ロイド君が代わりに行っちゃったわけ？」

「そうです、たまたま出会ったロイドの兄貴は監獄を調査する俺の身を案じて代わってくれたんでさぁ……」

こらえきれずオーイオイと泣くガストン。片やリンコは白目をむいています。

「絶対ないわ」

ガストンの状況説明から察するに食べすぎで山の中で用を足している最中、いつものミラクルな解釈でロイドは収容所と修養所を勘違いして連れていかれた……そう察したリンコは額《ひたい》を押さえて嘆《なげ》きます。

「まいったなぁ……潜入調査だよ？　関係各所に書類を通しておいて『間違いました～こっちの男と交代で～』なんていまさら言えるわけないしなぁ」

事情を知らないロイドに……いや、事情を知ってもあの子がミラクル＆ハプニングを起こさずスニーキングミッションを敢行できるわけがない。かといって新たな人間を送り込むために書類を作成すると疑われるリスクが跳ね上がる……

「こらまいった、リンコさんピンチだよ」

「リンコさんを困らせやがってこの唐変木が」

「すんまっせん、すんまっせん」

ペシペシとカツに頭をはたかれているガストンを眺めながらどうしたものかと思案するリンコ。

しかし、そんなリンコにさらなる追い打ちが……そう、ロイドがいなくなることで生じる弊害というやつです。

「おぉリンコや」

ひょっこり現れたのはリンコの夫でアザミ王、ルーク・シスル・アザミ。妻である彼女に会いに冒険者ギルドまで来ちゃったのでしょうか？

「あれ？　ルーくん珍しいね」

考え込んでいるリンコとガストンをペチペチ叩いているカツを見てアザミ王はちょっと面食らいます。

「お取り込み中だったかな？」

「うーん、まぁそんなとこだけど……どしたん？」

冒険者ギルドに王様が来るのは珍しいようで……アザミ王の存在に気が付いたカツは迅速にお茶を淹《い》れソファへと案内します……ちなみにガストンは正座したまま眺めているだけ、そういうところでしょうね。

「おぉ、すみませんなぁ」

「いえいえ。ところでアザミ王がいらっしゃるとはよほどのご用でしょうか？」

王様は髭《ひげ》をなでながら「大したことじゃない」と前置きしてから用事を伝えます。

「いやぁ、ロイド君を見なかったかなって」

渦中のロイドの話が出てリンコとカツ、ガストンは同時に肩をすくませビクッとしました。

「ろ、ロイドの兄貴ですか」

「ど、どうしたのさ〜」

なぜ狼狽《ろうばい》しているのか気になりながらアザミ王は話を続けます。

「いやぁねぇ、彼に見聞を広げてほしくて各国にお使いに行ってもらったんじゃが……あの子身体能力超すごいじゃろ、もうぼちぼち帰ってきてもいいころかなと思ってのぉ」

リンコはすかさずフォローに入ります。

「確かにあの子の身体能力なら秒で帰ってくるかもしれないけど、ほら見聞を広げてこいって言われたから律儀に勉強しながら各国を巡っているんじゃないかな？」

「そ、そうか。あの子勤勉じゃから少しでも学んで帰ろうと頑張っているやもしれんな」

まさか監獄という社会勉強にしては行き着くところに行ってしまったなどとは微塵《みじん》にも思わないでしょうね。

納得する王様にほっと胸をなで下ろす一同、そりゃ「彼、今監獄にいるよ」とは口が裂けても言えないでしょうし。

「ところで、ロイドの兄貴に見聞を広げろってどうしてですか？」

ガストンの問いにアザミ王は少し恥ずかしそうに答えました。

「ここだけの話じゃが……ロイド君を次期アザミ王にしようと考えているんじゃ」

「「「ええ？」」」

驚くギルドの三人。王様は困ったように頭を掻《か》いています。

「あくまで『ワシがしてあげたいな』と思っているだけじゃよ。あるとしても当分先の話じゃ。教師になりたいと彼は言っているが、そこで経験と実績を積んで晴れて王族入りも悪くなかろうて」

「えーあー、そうなんだ」

妻であるリンコも初耳で結構驚いております。

「すまんな相談もなく。まだ正式ではないしワシの頭の中での話じゃ、申し訳ない」

リンコは王様に頭を上げるよう促します。

「だ、大丈夫。私もロイド君なら別に問題ないと思うけどさ」

「というわけで世界各国にお使いに出てもらい見聞を広げてもらっているのじゃ」

「そ、そうなんですか」

そこまで言った王様は少し不安そうな顔をのぞかせました。

「ただ、ちょっと心配になってのぉ。聞くところによるとあの子少し常識外れの部分があるようで。まだ帰ってこないのは旅先で変なトラブルにでも巻き込まれたんじゃないかなって……」

今まさに監獄に自ら進んで入っていったとは口が裂けても言えない一同は押し黙ります。

「王様になってもらうとしたら綺麗《きれい》な身でいてほしいからのぉ、旅先で暴力事件に巻き込まれ監獄に収容されて前科なんかついちゃったらシャレにならんじゃろ」

今まさに監獄に（以下略）

押し黙っている三人に気が付いた王様は申し訳なさそうにします。

「いやすまん。少し心配が過ぎたようじゃの……まぁワシの義理の息子になるかもしれんしこれもある種の親バカかな？　ホッホッホ」

「あ、あはは」

笑う王様、笑えない現状だと言えないリンコは無理矢理口元を歪《ゆが》めて愛想《あいそ》笑いするしかありませんでした。

「まぁもしロイド君が帰ってきたら教えておくれ。学んでほしいことは山ほどあるのでな」

そう言い残し笑顔で手を振り去っていく王様。

ぎこちない笑顔で手を振り見送るリンコ以下二名は彼がいなくなるや否《いな》や狼狽《うろた》えまくります。

「どーすんの⁉　あの子今絶賛前科者だよ！！！」

「ろ、ロイドの兄貴……俺なんかのためにすいません……」

「おめーの為じゃねぇ！　しかしまいりましたねリンコさん」

リンコとカツは目を見合わせて後悔します。まぁそれもそうでしょう、調子に乗ってわいせつ物陳列罪とか偽の罪状を盛りに盛りまくってしまったのですから。

「下半身露出して捕まった王様……なんか童話っぽいわね、子供には読み聞かせできないだろうけど」

「童話というよりのちに語り継ぐべき事案でしょうね」

ロイドが義理の息子になることはウェルカムなリンコにとって相当ショックの模様です。

「うーわーどうにか上手く理由付けしてロイド君の罪状を取り消さないと！」

「ケアレスミスとは言いにくいですね、全てがでっち上げですから。ちょっとでも不審に思われ詮索《せんさく》されると芋蔓式《いもづるしき》にバレます」

「リンコさんピンチだよぉ……」

頭を抱えるリンコ。カツは困っているリンコを目にしてガストンをペチペチ叩いています。

しかし何事も二番底があれば三番底というのがあるものでして……さらなる追い打ちが彼女に襲いかかります。

「うーす、リンコさんいます？」

「お邪魔しますわ」

「……ん」

リホ、セレン、フィロ……ロイドの同級生である三人娘が冒険者ギルドに登場します。もう顔パスのようでコンビニ感覚で学校帰りに寄っている模様です。

「や、やぁ君たち」

ガストンを叩く手を止め挨拶《あいさつ》するカツ。

「どうしたんすかカツ代行。なんか疲れた顔していますけど」

「……忙しい？」

「あ、あぁ、日々多忙でね」

セレンは「お疲れさまです」とねぎらった後ふとした疑問を投げかけました。

「そういえば先ほど王様とすれ違いましたが、何かあったんですか？」

リンコは笑ってごまかします。

「いやいや、ルーくん私の顔が見たいって来ちゃったんだよ。新婚じゃないんだからさーもー」

「まぁまぁ愛し合う夫婦とはそういうものです」

我ながら上手くごまかしたとリンコは心の中でガッツポーズします。

「まぁ長いこと会っていなかったんですから、そのぐらい許してあげましょうリンコさん」

「アハハ、リホちゃんに免じて許してやろうかなー」

頭の後ろで手を組むリンコ。

「……で？　お取り込み中？」

カツにペシペシ叩かれていたガストンを見て首を傾《かし》げるフィロ。カツは何でもないと答えるしかありません。

「気にすんな、こいつがちょいとばかりとちっただけだ」

「猛省中だ若者たちよ、俺みたいになるな」

「……頼まれてもならない」

フィロに結構どストレートに言われてへこむガストン。防御自慢ですがメンタルは湯豆腐並ですね。

「で、どうしたのかな三人とも。お茶でもしに来たのかな?」

リンコの問いにセレンがまっすぐな瞳《ひとみ》で答えました。

「ところでロイド様を見かけませんでしたか?」

「フンゴ」

妙なリアクションをしてしまうリンコにセレンたちは目を見合わせます。

「……おもしろいリアクション」

「お、お褒《ほ》めに与《あずか》り光栄ですたい……しかしどした? ロイド君はお使いという名目で各国を巡り見聞を広げているはずだけど」

「えぇ、でもロイド様の身体能力なら一週間の予定でも三日、いえ二日で終わらせると思いまして」

「もー帰ってきててもいいんじゃね?って思ってよ」

「……左右に同じ」

アザミ王と全く同じことを聞かれたリンコたちは汗だくになってしまいます。

「い、いやーそれはどうかなぁ」

「勤勉なロイドの兄貴のこと」

「見聞を広げろと言われ全力で世界を巡って勉強しているのでしょう」

なんという段取り芝居……準備していた台詞《せりふ》を順番に言うかのような返答に三人娘は違和感を覚えます。

「なーんか隠しています？」

訝《いぶか》しげなリホの視線。

「な、何を隠すことがあるのかなぁ？」

リンコは必死で言い訳します、言い訳するしかありません。なんせ「手前共の手違いでロイド君を監獄送りにしてしまった」なんて言えるはずありませんからね。

「ロイド様だから大丈夫だとは思いますが、旅先で捕まってしまったりとかしたら……国境警備は疑《うたぐ》り深いですからね。私、何度も職質されましたしもう偽名を考えるのが面倒ですわ」

自分の経験則から物事を語る＆しれっと偽名を使っていることを暴露……天然ストーカーセレンの恐ろしさを痛感する一同でした。

「もし監獄送りにされていたら私、その監獄に乗り込むつもりですわ、愛ゆえに」

ヒートアップするセレンにつられてフィロも指をポキポキ鳴らします。

「……潰《つぶ》す」

リホも同意と頷《うなず》きます。

「まぁそんなこたぁないと思うけどよ。冤罪《えんざい》だとしたら容赦《ようしゃ》しないぜ。その時はリンコさんたちも手伝ってくれよな」

半ば冗談でリンコたちに話を振ったリホですが……

「「ソダネー」」

色々知っている彼女たちは何とも言えない顔で声を揃《そろ》えて同意するしかありませんでした。

「では、ロイド様がいらしたら教えてくださいまし」

「ハイヨロコンデー」

片言で返事をした後三人娘に丁重にお帰りいただくリンコ。

去りゆく彼女らを確認した後、リンコとカツ、ガストンは脂汗《あぶらあせ》に塗《まみ》れた額を突き合わせどうしたものかと相談します。

「ちょっと！　もーどーするよ！」

「どうするもこうするも……」

「俺の首一つでどうにかなりませんかね」

「「ならない」」

これは相談にもなっていないですね。首を差し出すとまで言ったガストンですが早々に却下され嘆きます。

「俺の首でも収まんないんですかあの娘たち⁉」

カツは去っていった三人娘の恐ろしさを改めて説明します。

「まずセレンの嬢ちゃんは有名だから割愛するぞ」

「はい」

割愛されるほど有名なストーカーなんですね。

「無口なフィロの嬢ちゃんはのんびり屋のように見えるが……ロイドの兄貴のことになると死地に赴くこともいとわないタイプだ。噂じゃロイドの兄貴のために手から斬撃を飛ばせるようになったとか」

「ま、マジすか」

「そしてリホ・フラビン……本人は否定しちゃいるがロイドの兄貴にぞっこんだ。普段その気持ちを抑えている分爆発したらセレンの嬢ちゃんの比じゃないだろうな。爆発したら……」

「ポン、だね」

股間が破裂するジェスチャーを惜しげもなく繰り出すリンコにガストンは内股になって狼狽えます。

「破裂するんですか⁉」

ショックな出来事に「ヤベエよヤベエよ」と戦慄《せんりつ》するガストンをリンコがなだめます。

「なんとかする！　なんとかしてみせる！　ロイド君のお使い期限はあと四日……」

タイムリミットはあと四日。リンコは登場以来初めてのシリアス顔で考え込んでいます。その顔をする適切なタイミングはもっとあったと思いますが……今ツッコむのは野暮ですね。

そんな折りです、一安心したのも束《つか》の間《ま》。アルカがひょっこりと現れました。

「おぉ、リンコ所長、元気でやっておるかの？」

「「「――――ッ⁉」」」

一番バレたらヤベー奴《やつ》の登場に三人は息をのみました。声にならない声がハモるとこんな感じになるんですね。

「ど、どうした？　三人揃って息を吸い込みおって……ぬ？　お主は？」

ガストンを見かけたアルカは訝しげな顔をしました。

「あ、やべ」

「まだここにおったのかガストンとやら。もう監獄にいるとばかり思っとったわい」

「あーえーと……」

狼狽えるガストンに代わってリンコが答えます。

「いやぁ、コイツ！　シャバ最後の飯を食べすぎてお腹《なか》壊しちゃって。任務に支障があるとまずいんで大事をとって遅らせたのさ！　少ししたら必ずぶち込むよ！」

「だよな、ガストン」

「はい、ぶち込まれたいです！」

カツにペチペチ頭を叩かれ投獄を希望するガストン……違和感を覚えるアルカですが「まいっか」と流します。基本ロイド以外どうでもいいのです。

「まぁちゃんと仕事してくれるなら多くは言わないが……ところでロイドを見なかったかえ？　お使いからそろそろ帰ってくる頃かと思っての」

「いやーそれはどうかなぁ」

「勤勉なロイドの兄貴のこと」

「見聞を広げろと言われ全力で世界を巡って勉強しているのでしょう」

息の合った……いえ、さっきと同じことを言い始める三人。二回目なので流れ作業のような台詞回しにアルカは疑問に思いながらも圧倒されます。

「お、おぉ……まぁそうかもとは思っておったが……え？　この台詞練習でもしていたのかえ？」

「「「してませんとも！」」」

ハモる三人……アルカは言葉を失ってしまいます。違和感バリバリでしたが「ロイドがガストンの代わりに監獄に入ってそれを全力でごまかしている」ということまでは読めず、仲がいいということで納得するのでした。

「で？　用件ってそれだけかな？　アルカちゃ～ん」

「実は伝えたいことがあっての……」

アルカは申し訳なさそうにしていました。

「ワシの知り合い二名がロクジョウの国境付近で揉《も》めて監獄送りになりそうになったんじゃ。

正直この程度で監獄送りはないと思うレベルの些細《ささい》なことでのぉ」

「なんと、このタイミングでそんなことが……なんたる偶然」

カツはメガネを直し驚きます。

「そこでじゃ、例の件もあるからついでに内部調査をしてもらおうと思ったのじゃ。本人の前でアレじゃが、ガストン某《なにがし》だけじゃちょっと頼りないと思っていたからちょうどいいと思って……事後報告で申し訳ない」

リンコは腕を組みフムムと唸《うな》ります。

「簡単に監獄送りになるなんて……やっぱり露骨に囚人を集めているのかしら。すごいことをしでかしたわけじゃないんでしょ、そのお知り合い」

「うむ、いつもだったら職務質問で済んどるはずなんじゃがなぁ」

「職務質問を日常的に受けているとは……なかなか業の深そうな話ですね。いったいどのような方ですか？」

アルカは実に言いにくそうに答えました。

「えーっと、農家とマッチョメン？　罪状は……わいせつ物陳列罪じゃな」

もう誰かわかってしまうキーワードにリンコは苦笑するしかありませんでした。

では、場面を戻して国境監獄ジクロック、監獄長室。

本皮であしらわれた豪華なソファに一本の木をくり抜いた贅沢《ぜいたく》なテーブル……応接用と思われる代物ですがその上には作りかけの模型がバラマかれています。完全にプライベートルームとして使っていますね。

とても仕事をしている人間の部屋とは思えない、子供部屋のような場所にアミジンは呼び出されていました。

「何の用事ですか？　刑務作業をサボらせてくれるワケじゃないんでしょう？」

ウルグド監獄長は葉巻をシガレットケースから二本取り出し一本は咥《くわ》え、もう一本はアミジンに渡しました。

「まぁ一服しろや」

尊大な態度の監獄長に眉根を寄せながらアミジンは葉巻に火をつけ深く吸い込みます。

「ふぅ……また仕事ですか？」

「俺がここにお前を呼ぶってことはそれぐらいしかねえだろ。なんだ？　話し相手が欲しいとでも思ったのか？」

煙を吐きながら訝しげな顔をするアミジンにウルグド監獄長はまくし立てます。

久々の葉巻を堪能《たんのう》できないようで……アミジンは嘆息交じりで紫煙を吐き出し短く用件を尋ねました。

「で、何をすればいいんですか？」

「昨日入った新入り連中をシメろ」

即答するウルグドにアミジンは壁に背中を預けます。

「昨日の今日で……何かあったようですね」

「大したこっちゃねぇよ、ちょっと生意気な奴がいてな。飄々《ひょうひょう》とした詐欺師で監獄にぶち込まれたのに緊張感も何もないときたもんだ。そいつのが伝搬して新人全員気が緩んでいるみてーなんだ」

朝食中絡まれたのを思い出しアミジンは納得しました。

「確かに嘗《な》めていましたね。全員となると結構な数だ、十人弱……か」

「新人は今日の清掃時間に用具置き場に集めておく。お前は兵を搔き集めて好きにしろ、殺す以外はお咎《とが》めなしだ」

アミジンはほくそ笑みました。

「確かに生意気な連中でした……野放しにするわけにはいきませんね。たまったストレスを発散するため有効活用させてもらいますよ」

葉巻を一気に吸い込み紫煙を吐き出しながら揉み消すアミジンは実に様になっていました。

ロクジョウのマフィア「昇青竜党」のボス、アミジン。

そのことを思い出したウルグドは釘《くぎ》を刺そうとアミジンに話しかけます。

「いいか、元マフィアのボスだろうとここじゃただの囚人。色々待遇を良くしてもらえているのはお前が俺にとって有用だからだ。お前の今後は俺の胸三寸だということは忘れるんじゃねぇぞ」

アミジンは聞こえない程度の小さな舌打ちをすると取り繕った笑顔をウルグドに向けます。

「重々承知しておりますよ、では」

監獄長に背を向けるアミジンはボソリと独《ひと》り言《ご》ちました。

「上物の葉巻に高い靴……相変わらず妙に羽振りがいい。やっぱ何かやっているな……この国境監獄で」

ウルグド監獄長がきな臭い何かで金を儲《もう》けていると踏んだアミジンは「長居はできない、か」と意味深なことを口にして監獄長室を出ていったのでした。

そして午後の刑務作業の時間がきました。

よほどの大罪を犯した危険人物以外の囚人には刑務作業という仕事が課せられます。

その内容は多岐にわたり、内職のような細かい作業から日用品、実用的なガラス製品を作る作業まで。鉱山採掘のような力仕事に畑仕事、街道の整備……監獄の立地によって様々ですが大半は力仕事です。

後は監獄自体の運営に駆り出されることもあり、監獄内の清掃や衣料品の洗濯、施設の改修作業や塗装なども一部の囚人に任されたりします。

さて今日の午後の刑務作業は清掃のようですね。掃除は得意とやる気十分の我らがロイドは張り切っています。

「健全な精神を培うにはやはり清掃からですよね」

ロイドにしてみたらお寺の拭《ふ》き掃除を課せられるような精神修養感覚なのでしょうね。

そんな囚人とは思えぬ前向きな彼に他《ほか》の囚人たちは苦笑しています。「優等生みたいなことを言ってやがる」『模範囚でも目指しているのか」なんて声もチラホラ。

そんな彼をミノキは微笑《ほほえ》ましく思っていました。

「ロイド君はどんな状況でも前向きですねぇ、私も見習わないと」

掃除用具を手に取り掃き掃除を始めるミノキは思い出話を始めます。

「ああ見えてアラン坊ちゃんは掃除をマメにやるタイプでしてね、旦那様はそこまでではないので、きっと奥方様に似たんでしょうねぇ」

「確かに食堂のゴミ出しとか率先してやってくれますし、食器の片づけとか僕より気が付きますね」

ロイドもアランの話をしながら一緒になって清掃を始めていた時でした。

「おう、爺《じい》さん。そこの坊主借りるぜ」

そこに彼と同じ時期に入った陽気な囚人が声をかけてきました。

「え、どうしましたか？」

陽気な新人囚人は頭を掻いています。

「わかんねぇよ。とにかく新人集めてこいって看守に言われてよ……掃除のレクチャーでもしてくれんのかな？　あるラインを越えると撃たれるぞ、とか」

「変ですねぇ、普段はそんなことしないのに。ふむ……」

どうもきな臭い何かを感じ取ったミノキは腕を組み思案しますが、看守に呼ばれている以上ただの一囚人である彼にはどうしようもできません。

「理由もなく断れないからとりあえず連れていくぜ。おうロイド、こっち来い。看守が新人を呼んでいる」

「あ、はい！　監修さんが呼んでいるんですね。今行きます」

周囲の制服を着ている人をメンタルトレーニングやダイエットの監修だと思い込んでいるロイドは素直に従おうとします。

そんな彼にミノキは一言忠告しました。

「ロイド君、なんかきな臭い、用心するんだよ」

「えーと、あ、はい」

よくわからないロイドは善意を受け取ると誘われるがまま陽気な囚人の後を追います。

そして連れてこられた場所は用具室。

煉瓦《レンガ》造りのかび臭い場所で何年も掃除せず曇りガラスになってしまった窓に室内というのに

隅っこに生える雑草……

全体的に薄暗く、人目にはなかなかつかない、悪さをするにはうってつけ……そんな場所でした。

呼び出されたロイドの他にも昨日一緒に入った囚人たちの姿が。

彼らを見て連れてきてくれた陽気な囚人に話しかけます。

「やっぱり掃除に関する新人のレクチャーですかね。掃き掃除で水を使うなとか落ち葉の収集場所とか」

「案外、用具室の清掃かもな」

二人の会話に別の囚人が気が付き挨拶してきます。

「へい兄弟」

ハイタッチを要求してくる囚人にロイドも応《こた》えます。

「あ、ハイどうも……あの、レクチャーですかね？」

「俺もそう思ったけど何か違うっぽい。看守が不自然にこの場から立ち去りやがった」

「いいのかよ、看守が目を離して」

ざわつく新人囚人たち。そんな彼らの前に用具室の奥からゆらりと現れる人影。その人物の顔を見て囚人たちは嫌悪感を露《あら》わにします。

「レクチャーだとしても……めんどくさい方の教育みてーだな」

暗がりから登場したのはアミジンとその部下たちでした。その数、十数人。アミジン以外皆手には各々剪定《せんてい》作業に使うハサミや杭を打つハンマーなどを武器代わりに手にしています。

「やっかいな方の新人教育かよ……看守もグルってか」

新人たちに走る動揺。

そんなことも見越していたのかアミジンは実に落ち着いた声で話し続けました。

「静かにしろ」

俳優をやっていた時に培った良く通る声にマフィアで培ったドスの利いた声音……この二つの合わせ技に歴戦の犯罪者たちもさすがにビビります。

アミジンは静かになった頃合いを見計らい木箱に腰かけ話し出します。

「俺たちの稼業は嘗められたらお終《しま》い……こんなとこにぶち込まれるような連中はよーくわかってんだろ」

顔を見合わせる新人囚人たち。アミジンはこめかみに指を当てほくそ笑みます。

「なに、上下関係の再確認をしたいだけだ。素直な奴は痛い目を見ずに済む、簡単な話だろ」

そんなアミジンたちに陽気な新人囚人が皮肉を込めて答えます。

「上下関係？　アンタらが看守の犬に成り下がったのは見りゃわかるけどな」

その挑発にアミジンの部下の一人が激昂《げきこう》します。

「てめぇ……アミジンさんに何言ったコラァァァ！」

怒りを露わにする部下に対し他の新人たちも陽気な囚人の皮肉に乗っかります。

「聞いたぜ、監獄長に取り入るために小間使いみたいなことをしているってな」

「国を乗っ取ろうとしたマフィアもここじゃチンピラみたいなことをするんだな」

「ダサすぎて笑えないぜ、へへへ」

笑い声が用具室に響く中、アミジンがすっくと立ち上がります。

「あ、アミジンさん！　今すぐこいつらを締め上げますんで！　……グハァ！」

アミジンはそのまま激昂した自分の手下を思いきりブン殴りました。

吹っ飛ぶアミジンの部下はそのまま立てかけてある掃除用具の壁に叩きつけられます。

散乱する掃除用具……アミジンはそれに埋もれる手下をハンカチで手を拭きながら見下ろしています。

「バカ野郎。こんな連中の戯《ざ》れ言《ごと》に大声で反応しているから嘗められるんだよ」

自分の仲間を殴る、その突飛な行動に新人囚人たちは押し黙ってしまいました……あぁこれ、部下にも容赦ない姿勢を見せて脅すマフィアの常套《じょうとう》手段のようですね。

効果覿面《てきめん》、黙りこくる新人囚人たち。

作戦が上手くいったアミジンは悪い笑みを浮かべます。

「お前らの立場は不利だ。せっかく掃除のやり方を教えてやろうという俺の好意を踏みにじって突っかかって殴った……こう証言したらお前らは終わりだ、刑期が延びるぜ」

「はぁ⁉　お前ら俺たちをハメるつもりか⁉」

「看守に訴えてもいいぜ、ただ俺らは模範囚……どっちを信じるかは明白だろうがな」

そしてアミジンの手下は武器を構え新人たちににじり寄ってきます。

「お、おい、待てよ……」

「調子に乗らず黙っていりゃこんな目に遭わなかっただろうにな……しこたま怪我《けが》して刑期も延びる、あげくに懲罰房《ちょうばつぼう》にもぶち込まれる、恨《うら》むんならてめえを恨め」

アミジンが合図を出し、手下が囚人たちに殴りかかろうとするその時でした。

「あーダメですよ。打ち身で怪我しちゃっています、早く医務室に運ばないと痣《あざ》になっちゃいますよ」

ガラガラと崩れた掃除用具を立てかけ直し殴られたアミジンの手下に肩を貸したのはロイドです。

まだ反抗的な新人がいるのかとアミジンの顔が曇ります。

「お前、状況が理解できていないのか？　これだからガキは…………………ハゥ⁉」

曇っていたアミジンの顔は一気に梅雨空へと変化しました。シトシトと汗が額から頬《ほお》に流れ、襟足《えりあし》なんか濡《ぬ》れそぼっちゃっています。

さっきまでの圧たっぷりな雰囲気はどこへやら、鼻水を垂らして変な空気の漏《も》れる音を口から出すアミジン。

そしてロイドは振り向くとアミジンたちに向かって柔らかい笑みを浮かべました。

「お久しぶりですね、アミジンさん」

「ぎゃぁぁぁぁ！　ろ、ロイ！　ロイド・ベラドンナ⁉」

アミジンが思い出すは過去の忌々《いまいま》しい記憶。

大人の姿になったり少年の姿になったりさんざん自分たちを掻き回し昇青竜党の野望を打ち砕いた悪魔のような少年の登場にアミジンと手下たちは腰砕けになりました。

「な、なんでここにぃ⁉　こ、ここは――」

ロイドは彼の問いに答えることなくニンマリとしています。

「あの後のお話はサーデン国王から聞きましたよ。色々ひどいことしていたそうで、僕ビックリしちゃいました。ファンだったのにショックだなぁ」

どうやらあの後フィロたちの事情も全部教えてもらったロイド、アミジンたちの非道も耳にした模様です……それを自分が無自覚に解決したことは知らないのでしょうけどね。

アミジンの顔なじみ&サーデン国王とも知り合いというロイドの事実に新人囚人たちはざわめきます。

「あなたがここにいる理由はだいたいわかりますよアミジンさん。すてきな役者なのにもったいない。悪い心を叩き直すためサーデン国王のご厚意でここにいるんですよね」

圧のある笑顔でアミジンに詰め寄るロイド。

「ダメですよ、そのご厚意を踏みにじるようなことをしちゃ。閉鎖的なコミュニティの中で上になりたいからって新人さんを脅そうとしているのは良くないなぁ」

「あ、あぁぁ……」

迫るロイドにアミジンはへたり込みながら後ずさります。

「僕も未熟ですがさすがに見過ごせませんよ。これ以上悪さするなら――」

真剣な目つきになるロイド、次の瞬間アミジン以下、昇青竜党の面々は整列して土下座を繰り出しました。

「す、すまない！　悪かった！　許してくれ！　ごめんなさいぃ！　あぁぁ――――」

ありとあらゆる謝罪の言葉を並べ立て「ご勘弁を」と頭を下げたアミジンたちはそのまましっぽを巻いて用具室から逃げ出したのでした。

「サーデン国王に告げ口しちゃうぞと言おうとしたのに……怒られるのがイヤならこんなことしなければいいのに、まったくもう」

身勝手なアミジンにプリプリ怒るロイド。

片や、新人囚人たちはアミジンさえもが恐れる来歴のロイドに驚きの眼差《まなざ》しを向けています。

「な、何者なんだロイド……君」

「ちょっと色々ありまして」

全て説明するのは大変だと言葉を濁して返すにとどめたロイド。それがかえって「スゴい

人」感を醸し出す結果になり驚きの眼差しは一気に羨望《せんぼう》の眼差しへと早変わりしました。大物と繋《つな》がりのあるスゲー奴の演出としては申し分ありませんよね、しかも事実ですし。

ロイドは掃除用具を手に取ると微笑みを向けます。

「さぁ、掃除しましょう。時間は有限ですよ」

「お、オウ！」

「ついてくぜロイド君！」

「あ、はい」

この日を境にロイドは「アミジンも逃げ出す傑物」としてA棟のヒエラルキートップに上り詰めることになるのでした。

そして怪我一つなく五体満足で用具室から出てきて元気に掃除を始めるロイドと新人囚人たち……その様子をウルグド監獄長は遠目から忌々しそうに見ていました。

「あぁ!? アミジンめ、しくじりやがって……詐欺師の野郎上手く丸め込んだってのか？」

作りかけの模型を放り投げるウルグド監獄長。彼はすぐさま看守にアミジンを呼び出すよう命令しました。

そして刑務作業が終わって数分後。

先ほどと同じように監獄長室に呼び出されるアミジン。先ほどと違い憔悴《しょうすい》しきっているアミジンに葉巻を出さず苛立《いらだ》つウルグド監獄長。

そしてウルグドは皮肉たっぷりにアミジンの失態をなじってきました。

「昇青竜党のボス、ロクジョウを震え上がらせたあのアミジン・オキソともあろう人間がたった数人をシメることができなくなるなんてねぇ……すっかり牙《きば》が抜けたようで」

「………」

何も言えないアミジンはウルグドの言葉を黙って聞くしかありません。

「言い訳の一つぐらい用意しておけ！」

ダン！　と力任せに机を叩くウルグド監獄長。作りかけの模型が宙を舞います。

コロコロと転がる模型の部品。

それを拾って指でいじりながらアミジンは言い訳ではなく「なぜロイドがいるのか」そのことについて尋ねました。

「あのロイドとかいう男、何でここにいるんですか？」

「罪状を聞きたいってのか？　強盗に傷害、薬物にわいせつ物陳列罪だ」

「あの男が……」

とってつけたような強盗に傷害、薬物、そしてわいせつ物陳列罪……何よりアザミ王国の人間であるロイドが国境警備に捕まる……不自然極まりないとアミジンは眉根を寄せます。

「わからねぇなぁ……」

ウルグド監獄長は彼の考え込む姿を弱気と捉《とら》え見下したように鼻で笑います。

「ふん……思うにありゃ詐欺師の類《たぐい》だよ、周囲を扇動するのに長《た》けたペテン師だ。聞いたぜ、サーデン国王とか聞いてビビったんだろお前。そんなベタな口車に騙《だま》されやがって——」

なじるウルグドの言葉はアミジンの耳には届いていませんでした。ロイドがサーデン国王と仲がいいことは身をもって知っているからです。

「なんでアイツが……俺目的ではなさそうだが……」

「オイ、聞いているのかアミジン。何を警戒する必要がある！」

語気を荒らげる監獄長に臆することなくアミジンは再度問います。怒られる側の人間とは思えない鋭い目つきでした。

「そういえば、ここ最近囚人の出入りが激しいですなぁ監獄長殿。何かあったんですか？」

「それがどうかしたか？　囚人が気にかけることか？　あ⁉」

取り繕った笑顔でアミジンは笑います。

「いえいえ、こういうことが気になる性分でして。入所が十人以上、それも一回や二回じゃない……国境で何か良からぬ犯罪でも起きているんですか？」

ウルグドは少し黙った後、睨《にら》み返します。

「良からぬ罪を犯していた側の人間の台詞か？」

「そうでしたね……しかし入所はともかく出所も多いのが気になりまして。どこに移送されているんですか?」

「罪の軽い人間や裁く国が決まった人間は普通の監獄に移送する、国境監獄ってのはそういうもんだ。お前みたいな性悪は一生ここだがな」

用意していたかのような言葉にアミジンは何かを感じ取ったようです。

「監獄長、ここで何をやっているか俺には関係ありませんが気を付けた方がいいです。特にロイド・ベラドンナにはね」

「どういう意味だ?」

「一囚人として言えるのはこのくらいです……では」

恭《うやうや》しく一礼するとアミジンは颯爽《さっそう》と監獄長室を後にしました。その画《え》になる挙動に叱責《しっせき》するつもりだったウルグドも呼び止めるのを忘れてしまうほどです。

「……あ、こら……ちぃ」

叱《しか》り足りなかったのか監獄長は大きく舌打ちをしてドカッとソファーに腰を下ろします。

「アミジン・オキソ……使えなくなったらアイツも処分するか。しかしロイド某……思ったより面倒な奴だ――」

監獄長はイラつきながら葉巻をふかしブツブツ言い続けるのでした。

そして去っていったアミジンも眉間《みけん》にしわを寄せ何やらブツブツ呟《つぶや》いています。

「ロイド・ベラドンナは何らかの使命を帯びて、この監獄に送り込まれたと考えていいだろう」

立ち止まり監獄長室の方へ視線を送ります。

「ウルグドの反応から察するに……やっぱこの監獄は囚人を使って何かやっている線が濃厚だな。明日は我が身かもしれねえしロイド・ベラドンナが今日のことを報復してくる可能性もなくはない」

アミジンは窓の外に見える懲罰房のある特別棟の方を見やりました。

特殊な罪人が収容される特別棟。

「幸か不幸か監獄長の目はロイド・ベラドンナに向いている。他の看守共も、あの少年に集中するだろう……脱獄するなら今がチャンスかもしれねえな」

看守が近づくのが目に入ったアミジンは声を潜めます。

「準備は万端だが確実に逃げるためには……奴の手を借りたい……特別棟の怪盗ザルコ」

「何をブツブツ言っている、早く手を出せ」

「……すみません」

アミジンは「こんな所でくたばってたまるか」と小さく漏らすと手錠をかけられ自分の牢屋《ろうや》へと連れていかれるのでした。

国境監獄ジクロックは大きく分けて四つの建物で形成されています。

まずはA棟。ロイドたちが収容されているのがそこ。比較的軽い罪を犯した囚人たちが集《つど》い一時的に収容されるような場所です。

続いてB棟。政治犯や著名人といった他者から命を狙《ねら》われる可能性の高い囚人が多く収容されておりアミジンらはここです。

そしてC棟、通称「懲罰房」です。監獄内で悪事を働いた者、罪の重さや犯罪歴に身体能力など危険人物と判断された囚人が厳重な監視の下に収容されている場所です。

他にも怪我をした囚人が収容されている「病棟」と呼ばれるD棟がありますが……今回の物語はC棟――懲罰房で起きるみたいですね。

そこは一線を画す犯罪者が収容されており、個々の囚人は全員ジオウの僧侶による魔力封じが施され足には鉄球が括《くく》りつけられております。

そんな場所をふらりとアミジンが訪れます。自由時間とはいえ囚人が立ち寄っていい場所ではありませんが……看守はアミジンの顔を見てもさほど驚く様子もなく軽く咎めるにとどめます。

「何をしに来た、遊びに来るような場所じゃないのは知っているだろ」

アミジンは返事をする代わりにスッと看守の胸ポケットに紙幣をねじ込みました。どうやら賄賂《わいろ》のようですね。

「早くしろよ」

「わかっています」

短いやり取りを交わした後、アミジンは懲罰房の一室に案内されました。

重々しい扉の先に広がるは殺風景な光景。

無機質な色合いの部屋にむき出しのトイレ、水垢《みずあか》のこびりついた洗面台などはA棟とさほど変わりませんがベッドや家具といった何もかもが床と溶接されており、陽光を取り入れるだけの小さな窓も嵌《は》め殺し……何年も洗っていないのか苔が生え緑色のステンドグラスと言われても納得できそうなくらいです。

時が止まっているかのような無機質な部屋。

一日放り込まれたら気が滅入《めい》っちゃうくらいの場所でした。

そこに悠然とした態度でベッドに腰を下ろしている男が一人。

これといった特徴はありませんが目だけはやたら挑戦的な小男……彼こそが世間を一時期にぎわせた泥棒「怪盗ザルコ」その人でした。

囚人服に身を包み足首には物々しい鎖、その先には鉄球が括られています。

足かせの鎖をチャラチャラ鳴らしている彼は来訪者アミジンを見るなりニヤリと笑いました。

「物好きだねぇアンタも」

「取り込み中だったかい？」

娯楽も何もない部屋で皮肉を込めるアミジン。この様子を見るに彼は何度かこの部屋を訪れている様子です。

「いいや。ちょうど一人でチェスをやるのも飽きていたところでさぁ」

「チェス？　……おぉ？」

ベッドの下からおもちゃ箱のようなものを取り出すザルコ。その中から手作りの紙のボードと木の棒で作ったコマをテーブルに並べます。

「懲罰房だってのに待遇いいんだな」

「最初は色々厳しかったんですが、もう看守もあっしの手癖《てくせ》の悪さに諦《あきら》めたみたいです。拘束衣なんて着せられちゃあいましたが、あっしにとっては縮んだセーターみたいなもんでさぁ」

「看守も諦めて野放しか……」

にたりと笑うザルコ。

「ま、逃げ出す気がないのが向こうに伝わったってのもあるんでしょうがね。最近じゃどの看守もあっしに対して気がゆるゆるですよ。自作のチェスを見ても何も言いません」

紙のボードを敷いて木の棒で作ったコマを並べるザルコ。

ポーン、ビショップ、キング……雑に書かれた文字と白黒の見分けの代わりにコマの上が出っ張っているかへこんでいるかで判断するようです。

奇妙な形のチェスに少々戸惑いながらアミジンは遊戯に興じます。

無機質な部屋にコマを進める音だけが響き……何手か進めた後、頃合いを見計らいアミジンが話しだします。

「面倒な奴がA棟に来た」

「へぇ、B棟シメているアンタが言うなら相当ですね。いつものように教育はしなかったんですかい？」

アミジンは苛立ち交じりで強めにコマを進めます。

「俺をここにぶち込んだ男だ」

「あれ？　確かサーデン王に素性がバレたってシャバで聞いていましたが」

「表向きじゃな。公にできないほどヤバい奴って思ってくれ」

「人間をゾンビに変える力と組織力でロクジョウ王国を牛耳る一歩手前までいったアンタが言うなんてにわかに信じられないですがね」

アミジンのコマがボードの上を滑りザルコのキングの前にコマが置かれ……そして彼はチェックメイトとは言わず本題を切りだします。

「ここから出る。手を貸してほしい」

ザルコは無言を返しました。

「あのウルグド監獄長の目がそいつに向いている今がチャンスなんだ。このままここにいてもやりにくくてしょうがない」

　ザルコは見透かしたようにニヤリと笑います。

「おおかたシメろとウルグド監獄長に命令されたけど失敗して困っているってところですかい？　あの野郎、囚人だろうと看守だろうと使えない奴には手のひら返しますからね」

　ザルコはキングの前に置かれたコマを払いのけ身を乗り出してアミジンの顔を覗《のぞ》き込みました。

「気持ちも境遇も理解できました、でも断りまさぁ」

「なんでだ、ここから出た後のことも保障する」

　保障と言われザルコは困った顔をしながら笑いました。

「保障ねぇ」

「信じられないのか？　ため込んだ金はまだ全部没収されていない、この懲罰房に足繁《あししげ》く通えるのも看守に袖の下を何度も渡しているからだ」

「そうじゃないんですよ。何度も言いますがあっしはそもそも逃げ出す気がさらさらないんですわ」

　弱気な発言に対しアミジンは挑発するような言葉を投げかけます。

「日和《ひよ》ったってのか？　怪盗ザルコともあろうお方が」

　その挑発で怒ることなく、ザルコはただ自嘲《じちよう》気味に笑うだけです。

「その通りでさぁ、あっしは怖いんですよ」

怒るどころか日和ったことを認める始末。アミジンは拍子抜けといった顔でした。

「脱獄を失敗するのが怖い……って感じじゃなさそうだが」

「その通り、したいならいつでもできますよ、脱獄なんざね」

ザルコはそう言うとアミジンのキングのコマをチェックメイトでもなく無造作に摑みました。

「おいおい、チェスはもう飽きたのか？」

なんで取ったとハテナマークを浮かべるアミジンの前でザルコは自分のキングのコマも手に取りました。

「このコマはね、暇だったんで看守の目を盗んで廃材から作ったんでさぁ。連中こんな短い木の棒じゃ何もできないだろうと見逃しちゃくれていますが……チェスするだけじゃないいんですよ」

ザルコは実験を生徒に見せる理科の先生のように両手に持ったキングのコマ、そのデコボコの部分を合わせてみせます。

するとどうでしょう、コマとコマのデコボコ部分がカチリと合わさるじゃありませんか。アミジンもこんな仕掛けがあったのかと驚きます。

「こいつは、単に敵と味方を区別するだけじゃなかったのか……」

「一本一本は短いですがこうやると良い感じの棒になる。チェスのコマは三十二、つまり十六本の木の棒が完成します。んでこの棒の端にヒモでも通せば……」

「縄ばしごが完成するってことか」

ザルコは静かに笑います。

「いつでも逃げようと思えば逃げられる、ご理解いただけたでしょうか」

「理解したけどよ、わざわざなんで作った」

「言ったでしょ、暇潰しだって。チェスもできて看守もおちょくれる、一石二鳥でさぁ」

どうやら逃げるためではなく看守を困らせるために作ったようです。

最初は感心するアミジンですが次第に怪訝《けげん》な顔をします。

「でもよ、なんでこんなことができるのに逆に逃げようとしないのかが不思議だぜ」

至極まっとうなアミジンの疑問にザルコは初めて表情を曇らせました。

「アミジンの旦那と似たような境遇でして、あっしもヤベー奴にコテンパンにやられて、このジクロックにぶち込まれたんです」

「その辺、俺は塀の中だったんでよく知らねえんだ。詳しく聞かせてくれるかい?」

ザルコはアミジンに……いいえ、誰かに詳しい話をするのは初めてのようで、どう言ったらいいのか頬や頭を掻きながらポツリポツリと語りだします。

「大したもんじゃないですよ。あっしはね、もともと普通の職人だったんですよ。手先の器用さに自信があって自分でもまぁまぁできる男と思っていました」

「へぇ、意外だな。盗賊なんてやる奴はまっとうな職に就けていない奴が大半だってのに」

「ただ世渡りが下手でして……自信はあるのに見向きもされない、そんでもって自分より明らかに劣る奴が目立ったり出世したりするのに嫌気がさしましてね。それが爆発して、ある日上役の二重帳簿を大々的にばらしてやったんです、匿名でね」

「怪盗の成り立ちがまさか上司の不正を暴くことだったなんてな」

「気分が良かったですよ『今、自分は最高に目立てている』って……その時の高揚感が忘れられず色々やっているうちに裏の人間から仕事を依頼されいつしか『怪盗ザルコ』として本格的に活動することになりましたがね」

盗みに美学を持ち仕事も選り好みする……職人だった時の芸術肌が変な方向の「こだわり」を生み出した模様です。

「自分の才能を過信して悪目立ちしちまったんでしょうね……アザミの王様にちょっかい出して——すんません、その日のことは思い出したくないんですわ」

「そうか、それだけコテンパンにやられたってのか……心中察するぜ」

お互いのことを気遣うアミジンとザルコ。実は自分たちが同じ人間にボコボコにされたなんて……まぁこの段階では思いもしませんよね。

「とまぁヤベー奴に目をつけられたんです、監獄の中の方があっしにとっては安全なんですよ」

「いったいどんな奴なんだ」と慄《おのの》くアミジン。あなたも同一人物にコテンパンにされたんですよ。

アミジンはうなだれるザルコを見て脱獄に勧誘することは諦めたようで、すっと席を立ちました。

「納得したぜ。まぁ俺らだけでも脱獄するさ」

「大丈夫なんですかい？」

「お前さんを勧誘しようとしたのは保険だよ。こっちは刑務作業中に逃走経路を確保しているんだ。ウルグドに取り入って色々都合よく動かせてもらったんでな。人一人通れる穴に三か月かかったぜ」

「なら、コイツをプレゼントしますよ……チェスの相手がいなくなるなら持っていても仕方がねぇ」

「そうか、恩に着る」

どこから調達したのか麻の袋をベッドの下から引っ張り出すとチェス一式をアミジンに手渡しました。

「ひもはこの編んだ麻を上手くほどいて作ってください……それにしても」

「ん？　どうした？」

「アミジンさんをぶち込んだヤベー奴……話を聞くとこんなところに来るような人間じゃないですよね」

ザルコの疑問はアミジンも感じていたのか「そうなんだよ」と唸ります。

「あぁ……そこが気になるんだよ。俺を始末しに来たという感じでもない、しかし罪状は取って付けたようなものばかりだ」

まぁ大喜利で付けましたからね、大当たりです。

ザルコも大筋が読めたと唸ります。

「ははん。てなるとやっぱ潜り込んだってことですねぇ。ウルグド監獄長絡みで」

「あぁ、ここ最近囚人の動きがおかしいって前にも言ったろ……あの監獄長は囚人を使ってなんかやっているぜ。それの調査だろう」

「ま、あっしの安寧の地を脅かさなければ何も言いませんがね」

アミジンは立ち上がると麻の袋を掲げザルコに感謝します。

「もうここには来ないぜ、餞別《せんべつ》ありがとな」

「おたっしゃで」

今生の別れを交わすアミジンとザルコ……しかし彼らは結構早い段階で再会します、それも涙目で。

今はまだ、因縁の相手がロイド・ベラドンナであるという共通点を知らないまま二人はかっこ良く別れたのでした。

ロイドの無自覚監獄生活二日目。

A棟とB棟の囚人たちが一堂に集う朝食時間、ロイドは笑顔でハムやポテトサラダ、コッペパンという質素な朝食をトレーに乗せミノキの隣に座ります。

「ポテトサラダですか。アラン坊ちゃんが大好きで、子供の頃はお弁当箱に入っていないと半ベソになっていましたねぇ」

アランの微笑ましいエピソードに耳を傾けつつ、ロイドは今日何をするのかを尋ねます。

「アハハ、ところで今日は何をするんでしょうかね」

「えーと昨日が清掃ですから……あぁ」

ミノキは思い出したのか疲れたような顔つきになります。

「どうしました？」

「今日は外で力仕事だと思います。街道の整備や足場作り……年老いた体には堪《こた》えますよ」

憂鬱《ゆううつ》そうなミノキ、体育のマラソン授業の時のような心境なのでしょう。そんな彼をロイドは鼓舞します。

「健全な精神は健康な肉体に宿ると言いますし、運動だと思って頑張りましょう。精神修養の一環ですよ」

監獄をメンタルセミナーの合宿場と勘違いしているロイドは笑顔でミノキを励まします。

「ありがとうロイド君。でも最近は滑落事故で何人か行方《ゆくえ》不明になっているから君も気を付けるんだよ……おや？」

そんなやり取りをしているとガラの悪いちょっと太めの囚人がミノキの方に近寄ってきました。おそらくB棟の人間でしょう。

「よぉ爺さん、もう歳《とし》だし腹いっぱいだろ。俺が代わりに食ってやるよ」

「い、いや……そんなことは……」

「知っているぜ、もう少しで刑期が終わるんだってな……よけいな騒ぎを起こしてもう一年二年ご延長したくはないよなぁ」

どうやらこの男、ミノキが抵抗できないと踏んでパンをカツアゲしようとしている模様です。しかも、この程度の取引は横行しているようで看守も黙認しているではありませんか。

「A棟の奴らはアンタの噂にビビってるかもしれないが、俺は騙されないぜ。いいからよこせよ、な」

ねちっこくパンを持っていこうとする囚人。目の前で行われている悪事が許せないロイドはたまらず声をかけました。

「あの、ダメですよそういうの」

小さい子供に注意され囚人は眉を寄せ威嚇《いかく》します。

「はぁ？　なんだよ新入りお前は関係ないだろ、すっこんでろ」

しかしロイドは怯《ひる》みませんでした。

「お腹が空《す》く気持ちはわかりますが、ダイエットコースの人が食べ物をもらっちゃうのは良くないことだと思います」

「だ、ダイエットだと？」

たるんだお腹に周囲の囚人の視線が集中し、クスクスと笑う者まで。

「あ、ごめんなさい。メンタルを鍛えるためにここに入った方でしたか？　だとしてもダメですよ」

この流れ、本人は真面目《まじめ》ですがダイエットだのメンタルだの煽っているかのようにとれますよね。腹のたるんだ囚人は身体《からだ》を指摘された気になり激昂しだしました。

「こ、こ……この野郎！」

「聞き分けの悪い人ですね、わかりました」

ロイドは立ち上がるとスタスタ歩き……隅っこで食事をしているアミジンたちのところへ向かいました。

「アミジンさん」

天敵ロイドに急に声をかけられアミジンは牛乳を吹きだしてしまいました。

「ごふ！　な、なんだよ」

ロイドは真剣な目でアミジンの方を見やります。

「あの、アミジンさん。B棟のまとめ役はあなたでしたよね」

まとめ役というかシメている人間というか……あながち間違っていないのでアミジンは頷くしかありません。

「ま、まぁな」

「あのパンを取ろうとしている人、関係ないと言われて取りつく島もありません。ここは一つビシッと言ってください『悪いことはダメ』って」

「お、俺がか……」

「他に誰がいますか？　あなたに足りないのは正義感と責任感です、養ってください」

ロイドの圧のある一言にアミジンとその部下たちは瞬時に立ち上がりミノキの方へと駆け出しました。

そしてずらりと太めの囚人を取り囲みます。何がなんだと狼狽えるしかない囚人。

「あ、アミジンさん……どうしたんですか？　あんなガキに――」

「悪いことは！　ダメ！」

学級委員長のようなことを言うアミジンにミノキも他の囚人たちもきょとんとしています。

構成員たちはロイドの方を向き「これでいいですか」と目で訴えるではありませんか。腰低く怯《おび》えるように。

「はい、大丈夫です」

「いやでも……」

納得いかない太めの囚人にアミジンが眼光鋭くメンチを切りました。

「悪いことはダメったらダメなんだよ！　殺されてえのか！」

「い、いえいえいえいえ！　もうしません二度としません！」

アミジンの脅しに屈した腹のたるんだ囚人はミノキとロイドに謝るとそそくさと逃げ出します。

その様子を見て他の囚人たちのざわめきで食堂は埋め尽くされます。

「おいおい……見たかアミジンの顔。えらい動揺していたぜ」

「あの噂は本当だったのか」

「アミジンたちがシメようとして返り討ちに遭ったたって話はよ」

アミジンをもビビらせた――

その噂は監獄内に知れ渡りましたが、皆その目で見ないと信じられなかったようですね。

この瞬間ロイドはジクロック監獄のヒエラルキートップに上り詰めました。もちろん、例によって本人の自覚は皆無です。

そこに昨日の陽気な新入り囚人がロイドの肩を組んできました。

「さすがだなロイド！　いやロイドさん！　俺はアンタについていくぜ！」

「い、いえ……ついていくと言われましても。僕は当然のことを言ったまでで……」

盛り上がるロイドとその周囲。

対照的にアミジンは惨めな思いをしながら席に座りました。ある意味使いっぱしりをさせられたようなものですから。

アミジンはロイドの下――と明確に示されたようなもの……どうにか払拭《ふっしょく》しようと唸りを上げます。

「ぐぅ……辛抱《しんぼう》だ、ここから逃げ出すまでの辛抱だ」

苦々しい顔のアミジン。

そんな監獄内の上下関係が入れ替わる様を苦々しく見ている男がもう一人いました。

「あのガキめ……」

ウルグド監獄長です。初日から生意気、アミジンを退ける手練手管、飄々とした態度……そんなロイドに憤りを感じているようですね。

ドア越しに食堂の様子を見ていた監獄長。イライラが募りすぎたのか監獄内にもかかわらず葉巻に火をつけだしました……しかし誰も咎める者はおりません。我が物顔で廊下を練り歩き独《ひと》り言《ごと》をブツブツ言います。

「アミジンの代わりにあのガキを……いや、下手に権限を与えても調子に乗るだけだ……」

自分の思い通りにいかないと気が済まない、ウルグドはそういう男のようです。

「手駒であるアミジンが囚人をまとめるならまだしも俺の息のかかっていないポッと出の新人、しかも詐欺師のように狡猾で自分の可愛《かわい》さを売りにしているガキ……気にくわねぇな」

可愛さの部分は完全に偏見ですが……ウルグドはその手のタイプが苦手なお局《つぼね》みたいなメンタルの持ち主でもあるようですね。その辺はわからなくもないです。

頭をひねるウルグドは何か思いついたのか悪い笑みを浮かべました。

「そうだな、あの手のタイプはアミジンと違う……エサを与えて飼い慣らそうとしてもいつか飼い主に噛《か》みつくタイプだ……殺すか、いつものように事故に見せかけて」

楽しそうに「そうに違いない」と自分に言い聞かせるウルグド監獄長。ただ単にロイドを始末したいのか無理矢理理由づけている雰囲気すら感じます。

「そうと決まったらさっそく準備をしないとなぁ」

彼は葉巻を廊下に投げ捨てると手をポケットに突っ込みグフグフ笑いながら自室に戻るのでした。


さて、ご機嫌な朝食タイムも終わり、その後囚人たちは街道整備に駆り出されました。

街道整備作業。

刑務作業の中でもとにかく過酷極まるのがこの作業です。

切り立った山々やモンスターの出没する渓谷……いわば「天然の檻《おり》」に囲まれている国境監獄ジクロック。そこに建てられた理由は、ただただ囚人が逃げ出しにくいからというわけではありません。

一歩間違えれば簡単に命を落としてしまう危険な山間部。そこに囚人を使い、道を切り開き安全な街道を開拓させることも視野に入れての立地なのです。今も昔も危険な作業は囚人たちにやらせることが多く、魔石で有名なロクジョウ王国では鉱山採掘などをさせたりしています。

命の危険の伴う肉体労働はまさに「罰」。

そんな罪を償《つぐな》うべき囚人たちは獣道とも言い難《がた》い切り立った崖の近くへ運ばれてきました。

彼らはお互いに腰に縄を結ばれ、逃げ出さないよう眼光鋭い看守の監視の下、岩石を砕き土を運び道をならすといった作業に勤《いそ》しむことになります。

そんな縄をロイドは良い方に解釈して感想を漏らします。

「こうやってみんなの連帯感を養う修行なんですね」

隣のミノキもこの感想には苦笑いです。

「ま、まぁ一人で逃げ出さないように……あながち間違ってはいないかも」

しかし他の囚人たちはヒエラルキーを上り詰めたロイドの発言を素直に受け入れちゃっています。

「いやぁさすがはロイドさん！　ナイス解釈です！」

もう何でも褒める太鼓持ち状態の囚人たち。そこそこの悪事を働いた凶悪犯共もすっかり気のいい兄ちゃんみたいに笑顔です。

「では皆さん！　今日も一日ご安全に作業を頑張りましょう！」

「「「オッス！」」」

大工の親方とその弟子たちのような状況を作り出したロイドにミノキは感心していました。

「さすがロイド君だなぁ、スレオニン様の時もそうだったけど人の心を摑むのが上手い」

ツルハシを抱え、不安定な足場の上で岩肌を削るという気の遠くなるような作業は時折不満を持った囚人間で怒号が飛び交ったりするものですが、今日はそんな気配が微塵も感じられません。

目を光らせている看守たちもその一致団結っぷりに「いつもこうならいいんだけどな」なんて微笑む者もいたりするありさまでした。

しかし、約一名その光景を遠く崖の上で苛立ちながら見やる者が……

「すっかりボス気取りだなロイド・ベラドンナの奴は」

はい、ウルグド監獄長です。自分の手駒であるアミジンを退け囚人たちを無自覚にまとめ上げた彼の存在は目障りこの上ないのでしょう。

「このままじゃ奴を中心にどんどん気を大きくした囚人が幅を利かせてしまう……囚人なんぞビクビクしながら看守の顔を窺《うかが》っているくらいがちょうどいいんだよ」

望遠鏡を覗きながら歯ぎしりをしていた彼ですが、ふっと笑いだしました。

「しかし何事も悪目立ちは良くない。出る杭は打たれるということを身をもって味わうがいいさ……おっと『打たれる』ではなく『落ちる』だがな」

ウルグドは足場の上で作業をしているロイドを見てほくそ笑んでいます。手にはスイッチらしきもの……どうやら爆弾のリモコンのようですね。

「不安定な足場が突如崩れる……過酷な刑務作業ではよくあることだ……月に一回は事故が起きてもしょうがないよなぁ」

囚人の死体を確保するためにウルグドが使っている手段の一つ、それが「刑務作業中の死亡事故」でした。

複数名の死体を確保できるうえ、自分の気に入らない囚人を任意で始末できる……言い訳も容易なのか頻繁《ひんぱん》に使う手口のようです。

手にしたスイッチをおもちゃのようにいじりながらウルグドは悦に入っていました。

「いつもたまらんなぁ……まとめて囚人を一掃するのは。でっかい耳クソが取れた時みたいにスッキリするんだよな。ふむ、社会のゴミも耳クソも一緒みたいなものだしな」

ウルグドはスイッチのボタンに指をかけました。誰も見ていないのにジラすような仕草《しぐさ》……彼の性格の悪さが見て取れますね。

「遠隔爆破魔石装置……いやいや、安全な場所で自分の手を汚さずゴミを掃除できるなんて良い時代になったものだ」

ウルグドはためてためて、ロイドたちが笑顔で談笑している様子を確認してから——

「はい、サヨウナラ」

にこやかにスイッチを押しました。突如、根本から崩れ落ちる足場。悲鳴と怒号が飛び交いモクモクと土煙が山間部から立ちこめます。

「凄腕《すごうで》の詐欺師だろうと凶悪犯だろうと、人間なんぞあっけなく死ぬもんだ。感謝しろよロイド・ベラドンナ。お前の死体は有効活用して簡単に死ねない改造人間にしてやるからよ」

身勝手に感謝を要求するウルグドは肩や腹を揺らして笑っていました……が、彼の目論見《もくろみ》は大きく外れることになります。

ご存知の通り腰を縄で繋がれた囚人たち、一人でも足場から転落したら皆一様に落ちてしまうことは必至。さながら連環の計にかけられた状態と言ってもよいでしょう。

しかし、それはあくまで普通の人間の話です。

「な……なにぃ⁉」

山や谷をアスレチック感覚で駆け回ることのできる身体能力の化け物ロイド。彼にとって十数名を背に負って崩れる足場から地面に着地することなど荷物を持ちながら段差を飛び越える程度の感覚です。

全員無傷での生還──足場の上にいた囚人も下にいた看守たちも誰一人怪我を負っていません。まぁ空中でロイドが崩れる足場を蹴《け》って誰もいない方に倒したからなのですが……あの状況で気が付いた人間はいないでしょう。

「「す、すげぇぇぇ」」

囚人たちの感嘆が山彦《やまびこ》となってウルグドの耳に届きます。

少々囚人服が汚れたくらいで華麗に着地のウルトラC、事故現場にもかかわらず拍手が起きる始末です。

「え？　は？　コラ、ちょ……え？」

その様子を遠くから眺めているウルグド、「はぁ？」とか「コラ」とか困惑と憤りの間を行ったり来たりのリアクション、非常に滑稽でコメディ舞台ならそれだけで笑いが取れる表情でした。

ウルグドもまさか始末できないとは思わなかったので何が起きたのかさっぱり理解できずにいました。じっくり見ていたらロイドの雑技団的な動きを目撃できたのかもしれませんが……まぁ目撃したところでやっぱり理解は難しいでしょうね、非常識な身体能力ですし。

結局ウルグドは「運が良かった」の一言で片づけたのでした。

そして湧いてくるのは生き延びたロイドへの怒りの感情です。手にした望遠鏡にヒビが入るほど力を込め言葉を吐きます。

「クソが……爆破の量が足りなかったのか？　奇跡的にバランスよく着地できたのか？　何にせよ運のいい奴だ」

そんな苛立っていたウルグドですがすぐさま切り替えると唐突に笑いだしました。

「く……ハッハハ！　そうかそうか、そうなのか！　これはアレか？　アレなんだな？　いたぶってほしいっていうことだな！　自分から『許してください』と懇願したくなるくらい俺に拷問されたいわけだ！　そういうことなんだなロイド・ベラドンナ！」

聞こえるはずのないロイドに向かってウルグドは「よしわかった！」と勝手に承諾しました。

「いいだろう！　今、死んでいた方がよかったと思うくらい俺自らの手で痛めつけてやるぞロイド・ベラドンナ！」

勝手に失敗し自分で嗜虐心《しぎゃくしん》に火をつけたウルグドはノッシノッシとこの場を後にしました。


さて、足場崩壊の現場は騒然としていました。

しかしロイドの「危なかったですね、足場が急に崩れて」という暢気《のんき》な台詞と縄で繋がれた十数人の囚人全員を背負って助けるというウルトラCな救出に、この場にいるほとんどの囚人たちから万雷の拍手が送られます。

「すげぇ！　すげぇやロイドさん！」

「あ、いや。それほどでも」

ロイドは謙遜しながら背負った囚人たちをゆっくりと降ろします。

「ミノキさん大丈夫でしたか？」

背負われていたミノキはメガネのズレを直すと笑って頷きます。

「あぁ、助かったよロイド君。しかし『また』急に足場が崩れるなんて驚いたね。怖い怖い」

彼の口にした「また」という部分にロイドは反応します。

「え？　またですか？」

ちょっと語気強めのロイドにミノキは少し狼狽えながら「う、うん……結構頻繁に……まぁそういうものだし」と答えました。

囚人を使うような作業、危険が伴うのも無理はないよ……というニュアンスを込めたミノキの発言。

しかし、そもそも刑務所にいるという自覚すらないロイドは「お金もらっているのにしっかり安全を確保しないのは何事か」とプリプリ怒ります。

「頻繁？　僕が空中で足場を蹴らなかったら下の人も怪我していましたよ！」

ロイドは頬を膨らませたまま騒然としている看守たちの方に歩いていきました。

ミノキはオロオロしてロイドを止めようとします。

「ろ、ロイド君。揉め事は……私も問題起こして出所を延ばしたくないですし……」

あと少しで刑期が終わる、出所したい＆事なかれ主義のミノキは汗だくの困り顔です。

しかし真面目なロイドは曲げません。

「いいえ、こういうのはしっかり言わないと。責任者の人はどなたですか？」

ロイドの問いかけ。いつもだったら囚人に対し毅然と振る舞うはずの看守ですが彼らは混乱のまっただ中。同僚を相手にする会社員のように普通に接します。

「私だけど」

手を挙げたのはベテラン看守のアスタキ。ロイドは彼の前に立つと事故についての弁明を求めました。

「足場はちゃんと組んだんですか⁉　しかも頻繁に起きているなんて危ないじゃないですか！　下手したら捻挫《ねんざ》しちゃいますよ！」

正直捻挫どころの騒ぎじゃないだろうとツッコみたくなるアスタキですが状況が状況、こちらに非があると考えているのか弱気な姿勢です。

「す、すまない。いつもしっかりチェックしているはずなのだが」

「チェックしているって言っても事故が起きているじゃないですか。お金もらっているんですからしっかりやってください！」

あくまでメンタル修養合宿に来ている体のロイド、お客としてはもっともな意見です。実際は違うのですが。

そんなロイドの意見に周囲の囚人たちも「そうだ、そうだ」の大合唱です。何も言い返せない看守たちは押し黙ってその大合唱を浴びるしかありませんでした。

このままじゃ暴動が起きる……そう懸念する看守たちですが、もちろんロイドにそんな気は全くないので作業を続けるよう促します。

「今日は足場での作業は無理みたいなので他の作業を指示してください」

この言葉に他の囚人たちは「え？　続けるの？」と驚きの表情でした。

「ロイドの兄貴、サボるチャンスじゃないんですか？」

陽気な囚人の言葉にロイドはハッキリ「ノー」を突きつけます。

「ダメですよ、そういうところを直す、そのためにみんなここに来たんじゃないんですか？　じゃないと大手を振ってここから出られませんよ！」

あくまでメンタル修養のセミナー合宿のつもりで話すロイド。

しかし囚人たちにはロイドの言葉が「身を綺麗にしてやり直そうぜブラザー」という愛ある叱責に聞こえたようです。

「「「つ、ついてくぜ兄貴！」」」

「あ、ハイ……それじゃ監修さん、みんなやる気なんで新しいメニューを指示してください。僕はその間足場を片づけていますから」

ロイドは一人で平然と鉄でできた骨組みをまとめ始めます。その「仕事はやる」な職人的な姿勢にさらに惚《ほ》れ込む囚人たち。

「俺もやります！」「手伝います！」「ついていきます！」とまぁ部活ものの感動シーンさながらの光景が広がるのでした。

一方何も言えない看守たちは沈痛の面もちでした。下手したら大惨事、囚人だけでなく看守の何人かが命を落としてもおかしくない……加えて毎回事故が起きていることに「そういうものだ」と慣れてしまっている自分たちに罪悪感が芽生えていたのでしょう。

そんな中、ベテラン看守アスタキが沈黙を破ります。

「とりあえず足場の片づけが終わったら地面の舗装を最優先でやってもらおう。そして手の空いている看守は崩壊した足場を見て事故の原因を調べてくれ」

「は、はい」

指示を出し考え込むアスタキに他の看守が尋ねます。

「どうしました？」

「うむ。あの少年の言う通りだなと……場所が場所だけに事故が起きるのも仕方がないと思ってはいたが、やはり解せない部分がある」

「そういう地質だから仕方がないとウルグド監獄長は仰《おつしや》っていましたが」

ウルグドの名前を耳にしてアスタキは眉をひそめます。

「そういえば……あの男が監獄長に就任してから頻繁に事故が起きるようになったよな」

アスタキの呟きに他の看守がふとした疑問を投げかけます。

「ところであの人、前はどこにいたんでしょうね？　自分はてっきりアスタキさんが監獄長になるかと思っていたんですが」

「ここに来た時は看守の仕事をあまり知らない感じだったから他業種だと思うが……確かにあの人は多くを語らないな」

考えれば考えるほどドツボにはまりそうになる……それも悪い考えに。

アスタキは邪念を振り払うように首を振ると改めてロイドの方を見やります。

初めてここに来てウルグドと面会した際、彼の奇妙な言動がずっと引っかかっていたベテラン看守アスタキ。先ほどの事故に対する憤りや姿勢はとても罪を犯した囚人には思えない。

「もしや彼は、頻繁に起こる事故を調査しに来た内偵なのか？」

それならばウルグドへの言動も納得がいく……まぁ実際は精神修養所と勘違いしての頓珍漢な言動なのですが。

「可能性はある、しかし断言はできないな」

もしそうだとしても経過を見るしかない。アスタキはその疑念を自分の胸の内にしまっておくことにするのでした。


一方アザミ王国。冒険者ギルド最上階。

「ヤベぇよ、ヤベぇよ。打開策思いつかないよ」

らしからぬ慌《あわ》てようで困っているのはリンコでした。

手違いでロイドを監獄にぶち込んでしまい、前途有望な若者をノリで「わいせつ物陳列罪」の前科者にしてしまったこと、そしてその改善策が思いつかないことに苦悩しているようです。

「罪を撤回するにはそれなりの言い訳が必要だし……そんなことしたら潜入調査をしようとし

たことがバレかねない。全てが水の泡になっちゃうしロイド君も義理の息子として迎え入れられない」

そしてリンコの脳裏に先日訪問したセレンたちやアルカの顔がよぎります。

「放置していたらいずれアルカちゃんたちにバレて……うん、不老不死の私でも半殺し確定、むしろ死なない分手加減してもらえないだろうね」

「イブを追い詰める計画」も「義理の息子の経歴」も「自分の身体」も爆発四散してしまう。

「ぐぬぬ、諸行無常なりぃぃ……」

ピンチに陥《おちい》り焦燥《しょうそう》に駆られ続けたリンコは……

「とりあえず娘を愛《め》でてこよう」

よくいますよね、現実逃避でとりあえず一服とかハイボールを飲んだりとかするタイプの人。彼女にとってのそれは娘のマリーと戯《たわむ》れることのようです。

「しっかし現実逃避＝ゲームだったこの私が、子供できると変わるなぁ」

彼女は自嘲気味に笑うとマリーの雑貨屋へと足を運ぶのでした。

前回、ショッキングな母の登場（十数年ぶりの再会でダブルピース）に衝撃を受けリアクションの向こう側へとたどり着き失神したマリー。アルカに「リアクション芸人として失格」と言わしめるほどの気の失いっぷりは三日三晩続いたそうです。

やがて容態も良くなりこのままじゃお城で王女生活をさせられる、あと母親の愛情がウザいと周囲の引き留めを振り払い雑貨屋へと逃げ帰ったのでした。

そんな地の文での解説を交えている間にリンコはイーストサイド、マリーの雑貨屋に到着。彼女は飛び込むように入店しました。たとえるなら熟練の特殊部隊のような身のこなしです。

「オールグリーン！　クリアー！　へい！　我が娘！」

「何がオールグリーンですかお母様」

母親のボケにツッコむ娘……しかしいつもよりキレがないのは彼女自身、幼少期に姿をくらました母親とどう接したらいいのか心の整理がついていないからでしょう。しかも実はアルカの過去の上司で不老不死、しかも冒険者ギルドのギルド長という設定てんこ盛りだったのですからぎこちなくもなります。

「まぁいいじゃない我が娘ぇ。それよりぎこちないぞ我が娘ぇ」

片やリンコ。一方的に吹っ切れた彼女は微妙な距離感などお構いなしにウザ絡みを敢行しております。四六時中そんなもんですからマリーからしたらアルカ並のボケキャラが増えたようなものでした。

ぎこちないに決まっているだろうというマリーの視線を浴びてもリンコは動じません。

「まぁまぁ黙って私に愛でられなよぉ色々あってさー、お母さんお疲れがピークなのだよ。このままじゃグキーって怪我しちゃうよ、５％の確率でも体感三割くらい怪我するグキー……あ、お母さんが昔ハマっていた野球のゲームなんだけど」

「なんですかグキーって、まったくもう」

マリーはグチグチ言いながらもコーヒーを淹れてあげました。かってにクローゼットから飛び出して下着なり何なりを散らかすロリババアよりだいぶマシ……悲しい理由で怒りのハードルが下がっているのでしょう。

「開封して時間経《た》っているから香りがちょっと弱いですが」

「ぜーんぜん！　娘の淹れたコーヒーなら泥水だって飲むわよ」

おままごとの泥団子も食べてしまうタイプでしょうね、今のリンコは。こじらせ熟成された親バカとでも言いましょうか。

さてそんな現実逃避のため娘に癒《いや》されに来たリンコ。でも皆さん「あるある」かと思いますが……問題から目を逸らそうとした時に限って「よりにもよって」な話題が振られること、ありますよね。

マリーがその「よりにもよって」な話題を口にしました。

「ところでロイド君まだ帰ってきていませんか？」

「フンブ！」

一番忘れたいことを聞かれ思わず吹き出してしまうリンコ……ちなみにマリーもちょくちょく吹き出すのでこの辺は親子ですね。

「な、なぬをどしたのかね？　ロイド君ならお使いに一週間ほど出かけているでしょう？」

「ええ、でもあの子の脚力なら二、三日で帰ってきてもおかしくないかと」

各方面から何度も聞いた台詞にリンコはすぐさま反論します。

「ほら見聞を広げろって言われたから正直に色々な国を観光して勉強しているんじゃないかしら違いないわマリーちゃんを独り立ちさせるためにあえて遅く帰る苦渋の決断をしているのかもしれないわよ愛されてるぅコノコノ！」

ここまで一息で言いきったリンコ……言い訳を繰り返しすぎてこなれたレジ店員のように早口になっておりますね。

そして独り立ちできていないことに自覚のあるマリー……ロイドがいない間放置して白い筋ができている食器類やカゴに盛られた洗濯物を見やっては「むぅ」と唸ります。

「むぅ……確かに……その可能性はなきにしもあらず……」

「そーよ！　なきにしもあらずよ！　……真面目に洗濯くらいしたら？」

話題逸らしでやり込めるリンコ。マリーは帰ってこないロイドのことより今後の自分を心配し始めました。

「確かに。ロイド君が早めに帰ってくると踏んで放置していたけど……ガッカリされたらイヤね」

マリーの独り言を聞いて「上手くごまかせた」と安堵《あんど》したリンコ。

しかし、その安堵も束の間でした……第二の刺客が入店してきたのです。

「おーっす、マリーさんいるか？」

「お邪魔しますわ」

「……生きてる？」

リホ、セレン、フィロ……いつもの三人娘が学校帰りに現れました。手にはマリーを気遣ってかテイクアウトの食料品の数々が。

「生きているわよ、まったくもう」

ちょっとむくれるマリーを見てリホが笑います。

「三日以上ロイドがいないのに生活できているのか？」

「私、毎日マリーさんの訃報が載っていないか新聞を読むようになりましたわ」

「……見出しを付けるなら『自堕落《じだらく》に慣れてしまった喪女《もじょ》の悲劇』……っと、『魔女の悲劇』……とか？」

「喪女聞こえたわよ！　あのねぇフィロちゃん、人間は水さえあれば一応一週間は生きられるの」

「胸張ってひけらかす知識じゃありませんわよ。ま、その元気があるなら大丈夫そうですわね」

セレンのもっともな意見、一応心配で食べ物を持ってきたようで内心安心しているみたいです……なんだかんだで仲の良い女性陣ですね。

リホは苦笑してテイクアウトの袋を高く掲げます。

「じゃあこの店屋物はいらねーんだな」

「いるー！」

マリーの代わりに真っ先に反応したのはリンコでした。子供のように手を挙げていますね。

「あら？　いましたのリンコさん」

「そりゃそうよ！　母親だし娘を心配してさ〜……何かな何かな？　お〜ピザじゃん！　確保案件よね〜」

娘を心配と言いながらテイクアウトの内容に興味津々のリンコ、ピザを発見してご満悦のご様子です。

「……真っ先にサラミの乗っている部分を確保した、さすが」

「まったくもう」

呆《あき》れるマリーですが、この人もこの人でおいしいところばかり食べるタイプなので（サンマの背中の肉とか）「親子だな」と三人は思うのでした。

しばしピザにトーストと喫茶店でテイクアウトした食べ物を囲んで女子会を始める一同。

他愛もない会話に花が咲いたところでセレンが何かを思い出したようです。

「あ、そうだ、ちょうどよかったですわ、リンコさんもいらっしゃることですし」

ちょうどいいと言われピザを咥えながら首を傾げるリンコ。

「んむ〜？　何々？」

リホがマリーとリンコに向かって尋ねます。

「情報屋のマリーさんに聞きたかったんだけどさ、どうもロイドがロクジョウの国境付近で目撃されたって情報があったんだけど……二人ともなんか知らね？」

「ンガング！」

むせるリンコ、マリーは慌てて彼女の背中をさすります。

「ど、どうしてむせるのお母様？」

「ゴゲフ！　いや、何でもないよん」

先ほど上手く回避した話題を蒸し返されリンコは気管にピザが入っちゃったみたいです。当分異物感残りっぱなしでしょうね。

マリーは背中をさすってあげながらリンコの代わりに答えます。

「お使いの途中で国境付近にいるのは普通じゃないの？」

リホは「そうかと思ったけど」と前置きして気になることを口にします。

「アタシもそう思ったんだけどよぉ、なんか物騒な馬車に乗せられた後消息を絶ったみたいでさ」

セレンとフィロも後に続きます。

「そして現場にはあの盾男《たておとこ》ことガストンさんがいたそうですわ」

「……しかも人目をはばかるよう山の茂みの中から現れた」

山で用を足していたことを知られたくないあまりコソコソして逆に目立ったみたいですね、あの図体ですし。

「マリーさんなら何か知っているかもと思ってよぉ。もしかしたらガストンさん何かを隠しているかもしれないぜ」

全てを知っているリンコは汗をタラタラ流します。そんな動揺している彼女にセレンは悪意なく気を使います。

「ギルド長を務めるリンコさんですが知らないことだってあるかもしれませんから気になさらず」

その気遣いが逆にリンコの心を痛めるのでした。

「あ、うんあんがとー」

マリーは首をひねっていました。

「うーん、私もその話は初耳だわ。ロイド君は見聞を広めるため馬車に乗ったとしてもそのガストンさんはちょっと不自然よね」

なんかガストンが怪しい、そういう流れになったのを見計らいリンコは……

「そうね、もしかしたらガストンが何か隠しているかもしれないから今度私が問い詰めておくわ」

ガストンの件を自分預かりにして事なきを得ようとしました。さすがリンコ、機転が利きます。

こうやって綱渡りでごまかし、リンコは話題逸らしに成功すると女子会に興じるのでした。

「それよりさっきの話の続き、最近の学校ってどうなのよ？　リンコさん気になるわぁ」

「気になっちゃいます？　私とロイド様の学園日常ラブラブ生活を、小説にしたら爆売れ間違いなしですわ！」

ノーコメントです、世の中何が売れるかわかりませんので。

「捏造《ねつぞう》するなよ捏造、ありのままを言えよ」

「……それよりリホの悪事をまとめたノンフィクション小説の方が売れそう」

「おいフィロてめぇ……売れるなら考えるけどよ」

筆無精ながら儲かるならやぶさかではないリホ、結構マジに悩んでいますね。

普段表情を出さないフィロが口元をニヤリとさせ「思い出し笑い」をしながらリホの悪事を語り始めます。

「……特にアレは爆笑ものだった……賞味期限切れのミントゼリーのやつ」

「あーアレか！　期限切れたゼリーを『打ち身によく効く軟膏《なんこう》』って嘘ついてミコナ先輩に全部売りさばいたやつか」

なかなかの悪事ですね。まぁ逆に軟膏をゼリーと称して食べさせるよりかはマシかもしれませんが。

セレンも肩を揺らし笑います。

「確かに笑っちゃいましたわ。『ベタつくけど効果あるわね〜』とか言っていましたし」

「……プラセボ効果にもほどがある……ある意味さすがミコナ先輩だけど」

「ですわね。ではミコナ先輩に許可をもらいませんと」

「いいんじゃね？　ミ●ナって伏字にしたらよ。絶対許可なんて出しちゃくれないぜ」

ヤジを飛ばすリホに茶化すフィロ、そして悪乗りするセレン。

リンコはこのやり取りを見て安堵しました「完全に話題はそらせた」……と。

しかしこの直後、思いもよらない人物の来訪でリンコの目論見はあっさり崩されます。

「計画通り」と言わんばかりにほくそ笑む彼女――が、物事は上手くいったと思った瞬間が一番危険であり、想定外の出来事が起こりやすいものです。特にロイド関係は……

上手く丸め込めたとリンコが小さく安堵の息を漏らしお茶に口を付けようとした瞬間です。

「ただいま戻りました〜！　あれ？　皆さんお揃いですね？」

「――――ってロイド君んんんんん!?　なんでここにぃぃぃ!?」

盛大にお茶を吹き出すリンコ、渦中のロイドの登場に彼女は動揺を隠し切れません。

そしてリンコ以上に困惑しているのはマリーたちです。なんたって彼が着ているのは囚人服、シックなボーダーラインの入ったおしゃれ古着と言い切るには無理のある衣服。

今年の流行だとファッション誌で特集を組まれても誰も信じない信じるわけがないコーデで

の登場に度肝《どぎも》を抜かれていたのでした。ロイドの予想外の行動に慣れていた面々ものちに「甘かった」『底が知れないお方ですわ』と反省したのは言うまでもありませんね。

さて、まるで脱獄してきたかのような出で立ちのロイドは目を丸くしている面々に一方的に近況諸々を報告します。

「皆さん揃っていてちょうどよかったです！　っと……時間がないので手短にお伝えしたいことが」

「お、おいロイド……時間がないっていうか、なんだよその格好は」

リホのツッコみにロイドは笑顔で答えます。

「あ、これ似合ってますか？」

似合ったら色々お終いな服装だと理解していないロイド、一同かける言葉が見あたりません。

「えーっとロイド君……色々聞きたいことが……」

「マリーさん、ご飯しっかり食べられてます？　お皿とか洗えてます？」

そっちの方こそしっかり食べられているのか？　臭い飯を食べているんじゃないか？　とツッコみたくなる服装のロイド、やっぱり一同かける言葉が見あたりません。頭の上からクエスチョンマークが離れない模様です。

「僕、もう少し帰るの遅くなりそうなので何かあったらクロムさんとか他の人を頼ってくださいね。でも掃除とか自分でできるようになってもらえると嬉しいのですが」

「ちょ、ちょっと待ってくださいロイド様。遅くなるってどうしたのですか？　それにその格好……まるで収容所にでも入っているかのような」

やっと囚人ファッションに触れたセレンの問いにロイドは「知っているんですか？」と表情を明るくします。

「あ、セレンさんご存知ですか？　今僕そこにいるんですよ！　やっぱ有名なんだ」

「ご存知もなにも……」

「そうなんです、今僕『精神修養所』で合宿しているんです。メンタルを鍛えたくて……ですのでもうちょっと早く戻る予定でしたが一週間ギリギリになりそうなんです」

充実していますといった顔のロイドに強くツッコめないフィロはボソリと呟きます。

「……確かにメンタルは鍛えられそうだけど……なにもそこじゃなくても」

その呟きを拾ったロイドは続いてリンコの方に向き頭を下げました。

「実は冒険者ギルドのガストンさんの紹介でジクロックっていう精神修養所にいるんです。リンコさんもご存知ですよね、代わってくださったガストンさんに僕がお礼を言っていたと伝えてください。後日改めてお礼をしますけど」

まだお茶でむせているリンコは「あ、はい」と返すにとどまりました。

そしてロイドは伝えたいことを諸々《もろもろ》言い切って満足したのか改めて頭を下げました。

「ではスイマセン、そろそろ帰らないといけないので」

笑顔で手を振った後、ロイドは屋根の上に昇ると山の向こうにエアロで飛んでいったのでした。

ロイドの登場から退場まで……この間約三分。嵐《あらし》のような三分間に謎《なぞ》の疲労感に襲われる一同。

――そして……その疲労感を吹き飛ばすほどの形相でマリーたちはリンコを睨みました。

「どういうことだ?」

暗く静かなマリーの重い問いかけ。

リホもセレンもフィロも同じように目がハイライトになっています。

「言い訳を聞こうじゃないか」

「納得のいくやつでお願いしますわ」

「……ぷりーず」

「リンコも知っている」とロイドが証言してしまったがため嘘がバレてしまったリンコ。思わず身をすくめてしまいます。

「く、くぅ……上手くごまかせたと思ったのに……さすがロイド君、さすがすぎてリンコさん疲労感と倦怠《けんたい》感で眠くなってきたわ」

ロイドの突然の訪問で全てが明るみに出てしまったリンコはキトキトの汗塗《あせまみ》れ。対するはマリーと士官学校の面々……皆険しい顔つきでした。取調室の刑事が四人いると考えればその圧力を感じ取っていただけるかと。

絶賛黙秘権を貫き上手い言い訳を模索中のリンコ。

そんな沈黙が続く中、マリーが口火を切って話しかけます。

「お母さん」

「はい、お母さんですよ」

「はい、じゃないです」

これが親子の会話でしょうか。

「今まで姿を消し、急に現れて不老不死とか言い始めた時は失神しましたが……今はもうそんなことを咎めるつもりはありません」

「えーっと私がずーっと悩んでいたことを『そんなこと』で一蹴されると少々悲しいのですが」

親子（笑）の会話にセレンらが割って入ってきます。

「その辺はアルカ村長で慣れているんですマリーさんは」

「確かにぶっ飛んでいるけど、考えればまともな悩みだからな。理不尽なことで『この国滅ぼす』とか言いだすアルカ村長よりだいぶマシだぜ」

「……耐性つきまくり」

なんていうか不憫《ふびん》ですね、リンコも。

「とにかくロイド様です。一体全体どうしてロイド様が監獄に収容されることになったのですか？」

「えーっとロイド君は……見聞を広げるために監獄に入った……ってんじゃダメ？」

普段真顔のフィロが眉根を寄せながら淡々とツッコみます。

「……いいわけないでしょ」

そしてドンと机を叩くマリー、お茶のカップがちょっとだけ宙に浮きました。

「そういうしょうもないごまかし方をするのはアルカ師匠に似ていますね」

「し、心外ね。嘘はついていなかったのよ、本当のことを隠していただけで」

「なお悪いぜ……ったくよぉ」

さすが百年以上も無軌道に生き、嘘やごまかしを続けてきたリンコ……なんかもう「隠し事をするのは自分のアイデンティティ」と言わんばかりの態度でした。

「乙女《おとめ》は秘密の一つや二つあった方がミステリアスじゃないの……そんなんじゃロイド君にもてないぞ」

「そのロイドの件について今言及しているんスけどね」

ジト目になるリホ。一方その隣のフィロはちょっと胸を張っています。

「……私はこの中じゃミステリアス」

フィロの主張にリンコはうんうん頷いています。

「確かに多くを語らないのはミステリアスへの第一歩と日本ミステリアス協会がそう提言して

いたわ。協会の規定から考えるとこの中でダントツミステリアスなのはフィロちゃんね」

「……ブイ」

勝利のブイサインをかますフィロにセレンは犬歯をむきだしにして突っかかります。

「なーにがブイ！　ですの⁉　フィロさんはなーんにも考えないで生きているだけじゃありませんか！」

おそらく、この中では群を抜いてミステリアスとはほど遠いのはセレンでしょう。本人も自覚があるから声を荒らげているのが見ていてわかります。

さて、話題があらぬ方向に行きかけているところをマリーが制止します。

「待ーって！　また話を逸らされているわ！　ほんと油断も隙《すき》もない」

娘に注意されリンコは舌を出し自分の頭をコツンと小突いてみせました。

「さすが私の娘ね。ゴメンゴメン」

「とにかく洗いざらい話していただけませんか？」

すごむマリーに続いてリホ、セレン、フィロも怖い形相で机に身を乗り出します。

「ロイドに関して黙秘権はないと思ってください」

「基本的人権もありませんわ」

「……これ以上ごまかしたら……ポンじゃ済まされない」

最初はおどけてみせていたリンコでしたが、女子たちの眉間のしわがどんどん深くなっていくのを見て「こりゃいかん」と自白モードに舵を切り替えました。

「んもう、愛されているなぁロイド君は」

観念したリンコは事の起こりから一部始終を隠すことなく説明し始めたのでした。

前回の戦いで使用されたカラクリ兵器の素体に囚人の死体が使われている可能性が高いこと。

それをガストンが調査しに罪をでっち上げて監獄に潜入する予定だったこと。

そして……国境でバッタリ遭遇したロイドがミラクル勘違いで代わりに入ってしまって今絶賛対策を練っている途中であること。でっち上げの罪状がわいせつ物陳列罪で前科として最悪であること……などなどです。

全てを聞いたマリーたちは……なんていうかロイドの底知れない真面目ぶりとミラクル体質に呆れと感心のない交ぜになった微妙な顔をしていました。

「隠していたことはお母様が悪いけど……何とも言えないわね」

「そうだなぁ、ここまで来るとなぁ」

「ロイド様、天晴れすぎますわ」

「……ん」

三人娘も同様に微妙な顔で頷き合うしかありません。

「ま、まぁそういうわけで全面的に私が悪いんじゃないんだよ、痛めつけるならガストンにしてあげてね」

「あっさり人を売らないでくださいお母様。しかしまいったなぁ……下手したらロイド君すぐには帰ってこれない。私干からびちゃうわよ」

自分で家事をするという考えが欠落しているマリーにセレンが白い目を向けました。

「親も親なら娘も娘ですわ」

リンコは「面目ねぇ」と謝罪してから困っていると相談し始めます。

「もちろん強制的に帰らせることはできるわ。でも囚人を出し入れする動きを見せたらさすがに警戒されてイブの凶行が止められなくなっちゃうのよ……なんかいいアイディアない？」

これがどうでもいいことなら「そっちのミスだろ」や「関係ない」で終わるのですが……因縁めいたジオウ帝国すら陰で操《あやつ》っていたイブという人物の野望を止められるかもしれない、そして何よりロイドが絡んでいるとなると真剣に考えるしかありません。割合は主にロイド八割のイブが二割くらいでしょうが。

「その国境監獄ジクロックが関与しているのは濃厚なのか？」

「十中八九よリホっち。でも確たる証拠がないからプロフェンを追い詰める材料が欲しいのよ。強行手段に出ても研究施設とか隠蔽《いんぺい》されてて見つからなかったらまずいし……」

ジクロックは国境を越えた監獄――証拠もなく一国の独断で強制捜査に踏み切ることも難しく、もし実行したとしても囚人を改造している現場を押さえることすらできなかったら……大国プロフェンの王であるイブは堂々と国際的なペナルティを科してくることでしょう。

さらにはリンコが動いていることも感付かれたら……事態は最悪になってしまうかもしれません。

「イブ……エヴァ大統領はその隙を逃さない……あの時代に新興国を立ち上げることのできた手腕、鈍っているはずがない」

イブとリンコ、お互いを恐怖しけん制し合っている間柄。今自分が動いていることを知られたら大きなアドバンテージを失ってしまう。

「そしたらイブは不老不死をひっさげ元の世界の絶対的権力者に……それだけは避けたい」

独り言を繰り返すリンコ、らしからぬシリアスな表情にセレンやリホ、フィロは話しかけ難そうです。

しかし実の娘のマリーだけは母親がシリアスな表情でも遠慮なく意見を言います。

「とはいえお母様、ロイド君が監獄にいることがイブに知れてしまったら大問題ですし。それにロイド君が早く帰ってこないと私干からびちゃうし、早く手を打たないとダメです。もうすでに台所のお皿はカピカピなので」

「それはどうにかしようぜマリーさんよぉ」

とりあえずマリーの家事スキルはもう手遅れのようですね。

「どうにかするためにロイド君を早急に出所させるのよ！　前科も無くしイブの凶行の証拠を手に入れる最善の策がきっとあるはずよ！」

「掃除はご自身でやってくださいと言いたいのですが、ロイド様の件に関しては同感ですわ。ロイド様は罪なお方ですがリアルガチな前科はふさわしくありません」

余談ですが、この中で一番前科が似合うのはセレンだと誰しも思いましたが口にはしませんでした。ありますよね、冗談に聞こえないパターンって。

そんな中、マリーが目をカッと見開きます。

「……どしたのマリーさん？　……妙案でも？」

どうやら何か閃《ひらめ》いたマリー、フィロににっこり微笑むとリンコの方に向き直ります。

「ねぇお母さま……私、生まれてから母親らしいことをあまりしてもらった記憶がないんですよね」

ねっとりとした娘の口調にリンコが警戒します。

「な、何かなマリーちゃん」

「ぜひとも母親らしいことをして欲しいなぁと思いまして。娘のお願い、聞いてもらえます？」

「娘の頼みは断れないけど……こ、怖いなぁ」

怖がるリンコを見てマリーはにっこりと笑います。

「私たちを監獄に潜入させてほしいんですよ。それも早急に」

そのお願いにリンコは難色を示します。

「潜入って……それは親らしいことの範疇《はんちゅう》から逸脱しているんじゃないかな？」

さすがに親として娘を監獄にぶち込むのは心苦しいものがあるみたいですね。悩むリンコ。そこでリホが素朴な疑問を口にしました。

「でも、女性の囚人はジクロックじゃなくて別の場所に収容されるんじゃないか？」

マリーはその言葉を待っていましたと悪い笑みを浮かべます。

「女性でも潜入できて、調査もしやすいポジションがあるじゃない……病棟の女医よ」

女医――盲点だったとリンコは目を見開きます。

「囚人や看守だと偽資料作りに時間かかるけど医者ならもっともな理由付ければすぐいけそうね。臨時とか短期の代理ならごまかせる……グッドアイデアかも！」

しかしハッとしたのも束の間。リンコはすぐさま首を横に振りました。

「確かにマリーちゃんは雑貨屋で薬の知識があるから適任だけど……でも危ないわ！　関係者に近づきすぎるとリスクも大きい。だったら私が行くわよ、ナース服で」

「母親のコスプレナース服姿なんて見たくないわよ！　お父様が萌える絵も容易に浮かぶからナシです！」

もっともすぎる意見ですね。

「こうなったら短期決戦ですよお母様。女医なら死亡者リストを閲覧できるし偽装している内容から現場を特定できるかも」

やる気満々の娘にリンコは嘆息します。

「まったく誰に似たんだか……まぁ六割私か、四割はアルカちゃんよね」

かくしてマリーたちも満を持して国境監獄ジクロックに潜入することに……そしてアルカが放った刺客も参加し波乱の展開が幕を開けたのでした。

第二章

たとえば上司に帰れと言われ真に受けて帰る新人社員のような脱獄

さて、皆さんも気になりますよね、ロイドはどうして雑貨屋に笑顔で現れたのでしょうか？

いったいなにが起きたのか……それは少し前に遡ります。

夕刻、ジクロック監獄A棟。

ウルグドによる街道事故をあっさり食い止めたロイド。普通に刑務作業を終えて何事もなかったかのように囚人《しゅうじん》たちと戻ってきました。

そこにイラつくウルグドが登場します。そして彼の隣には不自然に腕を包帯で吊《つ》っている囚人が……ミノキに絡《から》んで返り討ちになったお腹《なか》のたるんだあの囚人ですね。

「あの、何か？」

首を傾《かし》げるロイド、ウルグドは「その余裕もそこまでだ」とニヤリ笑います。

「やってしまったなぁロイド・ベラドンナ」

「はい？」

「この怪我《けが》を見たまえ、どう思う」

お前が負わせたと言わんばかりのウルグドの態度。

「あーイタイ！　いてぇよぉ！」

どうやら先ほどの作戦に失敗した彼は買収した囚人で罪をでっち上げロイドを懲罰房《ちょうばつぼう》にぶち込もうとしている模様です、力技ですね。

しかし何一つ心当たりのないロイド……まぁ当然ですが……色々考えた末に出した結論は。

「やっぱりダイエット合宿とはいえ朝食はしっかりとった方がいいと思います、栄養が足りないと骨が丈夫になりませんしお魚……白身魚とか海藻類をもっと多めに組み込んだ方が」

色々な意味で的外れですが、ロイドは食堂で働く立場として的確な進言をします。

その言葉で周囲の囚人たちはドッと沸きます。ロイドさんのジョークさすがだぜといった感じなのでしょう。

ウルグド監獄長、またしても怒り心頭です。

「あくまでシラを切ろうってんだなぁロイド・ベラドンナ。隠し事は良くないぞ……お前がやったんだろ、コレ」

「いえ、怪我の治療はやってませんけど……心得もありませんので」

「治療の方じゃない！　骨折の方だ！　全治三か月だぞ！」

「えぇ⁉　三か月って……骨折なんて長くて半日で治るじゃないですか！　やっぱり朝食がよろしくないいんですよ！」

ロイドはマジで言っていますが一般人の方には冗談としか思えませんね。

監獄長の脅しにも屈さず冗談で返すクールなロイド……囚人たちは「やってくれるぜ」と沸きに沸きます。「ロイドさんが怪我負わすわけねーだろ」と義に溢《あふ》れる囚人まで。

周囲の盛り上がりを気にせず「過剰な糖質制限は――」と続けるロイド。もうおちょくられてるとしか思えないウルグドはどんどんヒートアップしていき……

「ロイド・ベラドンナ！　諸々《もろもろ》の件で貴様を懲罰房送りにする！　有無は言わさん！」

何もかも腹立たしいウルグドは冤罪《えんざい》と言われつつも強制連行に踏み切りました。

「ちょうば？　えっと特別コースみたいなものですか？」

「ふ、ふふん……まだ強がるか、感心するぞ……お前には俺《おれ》直々に特別メニューをお見舞いしてやる」

「それは嬉《うれ》しいのですけど……追加料金はかかりますか？」

皮肉めいた姿勢を崩さない……と思われているロイド。本人は結果にコミットする場所だと信じて疑っていないのですから仕方がありません。

爆笑と感心が薄暗い監獄を包みます。

「なんてクールでタフな返答！　やっぱすげーやロイドさん！」

「連れていけぇぇぇぇぇ！」

絶叫するウルグドに尻《しり》をひっぱたかれ看守たちはロイドの両脇を抱えました。

「え？　そんなエスコートは大丈夫ですけど……すごいな特別コースって」

ミノキは心配そうにロイドに声をかけました。

「ロイド君、その……気を付けて」

「あ、ハイ」

「まぁ君なら何が起きても大丈夫でしょうけど……」

ロイドの規格外っぷりを身をもって知っているミノキはちょっとだけ……たとえるなら近所にお使いしに行く子供に向ける程度の心配をしました。

そして、その様子を鋭い視線で見ている男が。

「チャンスか？」

アミジンです。ウルグド監獄長や他《ほか》の看守だけでなく囚人たちの目もロイドに向いている今日、脱獄するべきと睨《にら》んだ模様です。

「あ、アミジンさん……もしかして」

「他の連中にも伝えろ。今夜だ、今夜決行する」

唾《つば》を飲み込むアミジンの手下……彼の決断により今夜、昇青竜党の面々は脱獄を敢行する模様です。

「看守にバレないよう、抜かるなよ……念のため消灯前に各自の役割分担を再確認するからな」

「へい、わかりやした」

脱獄を決意したアミジンの背筋に走る緊張。

そして、こんな緊張は映画の撮影でも味わったことがないと自嘲《じちょう》気味に笑うのでした。

「やれやれ、ロイド少年が来て一時はどうなることかと思ったが……風は俺に向いてきたようだな」

ただその風が追い風から向かい風になろうとは……この時のアミジンには予感できなかったでしょうね。


と、いうわけでロイドはキョトンとしたまま手錠を嵌《は》められ懲罰房のあるC棟へと移送させられたのでした。

A棟以上に暗く重々しい雰囲気を纏《まと》うC棟。足音もどこかホラーじみています。

カツーン、カツーンと暗い廊下に響く足音。

たどり着いたのは頑丈そうな扉の前……鉄を何枚も重ね合わせ溶接し開閉するのも一苦労しそうです。何重にも鍵《かぎ》が施され何者をも拒む。そんな印象すら与えるのでした。

「すごい個室だ、いいのかな?」

しかしロイドにとってはセキュリティがしっかりしているという認識でしかありません……セキュリティに違いはありませんが、逆オートロックと申しましょうか。

まさにVIPとロイドはますます勘違いを加速させるのでした。

「ここがお前の部屋だ」

「あ、はい！　ご丁寧にありがとうございます。あの〜いつまで入っていていいのでしょうか？」

「さぁな。あの監獄長の気分次第だ……可哀想《かわいそう》にな」

　過去、何人もウルグドの機嫌を損ねて理不尽な仕打ちを受けた人間を見てきたのでしょう、看守の目に同情の色が浮かび上がるくらいです。

　そんな自覚など微塵《みじん》もないロイド、あくまでＶＩＰコースにご招待されたという認識なので内装を物珍しそうに見回しました。

　中の全てが溶接されている家具……それをロイドは「匠《たくみ》の技術」と一人で納得して唸《うな》ります。

「なんだろう、統一感があるっていうか……すごいインテリアなんだろうな」

　暖かみの一切《いっさい》無い、囚人を懲らしめる部屋が一周回って「前衛的なインテリア」に感じられたようですね。そういう見方であればむき出しの便器もデザイナーの考えた斬新な配置と思えなくもないでしょう。

　足に付いている鉄球をまるでセカンドバッグのように小脇に抱えながら内見（笑）するロイド。そろそろこの鉄球の意味が気になるみたいです。

「これずーっと付けっぱなしでいいのかな？　ダイエットグッズとかかな？　それとも疲れのとれる磁気を出しているとか？　至れり尽くせりだなぁ」

鉄の足かせをトルマリンリングや磁気ネックレスと認識するロイドでした。本来の役割を果たせていないので仕方ないですよね。

そんな内装や足かせに感心しているロイドにどこからともなく声がかけられました。

「新入りさんか？　難儀だねぇ」

声のする方をキョロキョロ見回すと、どうやらネズミの通る穴ほどの通気口を伝い隣の部屋から話しかけられている模様です。

「すごい前衛的な連絡手段だなぁ」

感心しながらロイドは通気口の穴の下へと移動し返事をしました。

「あ、どうも！　これからどのくらいかわかりませんがよろしくお願いしますお隣さん！」

その礼儀正しさに隣の囚人は感心した模様です。

「肝《きも》の据わったお隣さんだねぇ……何しでかしたんだ？」

「えっと、これといって何も……監獄長さんに気に入られたとかなんとか言っていましたけど……」

「あら、大変だこと」

声の主は他人事《ひとごと》のように同情しました。

「でも、ちゃんとここで己《おのれ》を鍛えて！　卒業したら自分の夢を成し遂げるつもりです！」

メンタルを鍛えて士官学校を卒業する……という意味でしょう。

しかしここは懲罰房。隣の囚人はロイドのことを革命か何かを起こそうとして捕まった政治犯と認識します……まぁこの前向きっぷり、捉《とら》えようによったらそう思えますね。

「ずいぶんと志の高いお方のようで……あっしみたいなただのコソドロにはまぶしいまぶしい」

卑屈《ひくつ》な声の主にロイドは律儀に名乗りました。

「あ、僕、アザミ士官学校から来ました、ロイド・ベラドンナと申します！」

名乗った次の瞬間「ほげぇ！」という絶叫が通気口から聞こえ、それ以降ウンともスンとも言わなくなりました。

急に音信不通になったお隣さんに首を傾げるロイド。いったいどうしたというのでしょうか。

そのお隣の懲罰房の囚人――もうおわかりですね、ザルコはオバケを見た子供のようにシーツにくるまってガタガタ震えていました。

「ま、まさかそんな……」

そんな独《ひと》り言《ごと》を口にしている彼に通気口からロイドの元気な声が響いてきます。

「何かあったのかな？　すいませーん、これからよろしくお願いしますね！　機会があったらそちらにお伺いしますので！」

監獄で隣同士になったから挨拶《あいさつ》……そんなことできるわけないしする必要もないと普段だったらツッコんでいるザルコですが、もうそれどころじゃないと震えています。

「あいつか？　あいつが隣に来たというのか……」

空を飛び、嵐《あらし》を纏い、自分をボコボコにして監獄にぶち込んだアザミの士官候補生……ロイド・ベラドンナ。

ザルコは「そんなわけないだろ」と奮い立たせるように自分に言い聞かせます。

「ふ、フヘヘ……俺もとうとうきちまったな。聞き間違えちまうなんて……通気口を通しての会話、変に響いてそう聞こえたに違いないぜ」

そんなことあるはずない、ここは監獄、自分にとっては安心安全、三食昼寝付きのサンクチュアリだ――と執拗《しつよう》に自分に言い聞かせます。自己暗示……いえ、セルフ洗脳の領域ですね。

「こいつは罪悪感だ、平和な監獄生活を謳歌《おうか》している罪悪感が幻聴を引き起こしたのさ」

あ、自己暗示が完了したようですね。ザルコはうつろな目で自嘲気味に笑っていました。

そして、この日を境に彼に受難の雨あられが降り注《そそ》ぐことになるとは――

「大丈夫だ、安心しろザルコ。大丈夫、大丈夫」

彼自身、ちょっと予感しているのかもしれませんね。


ザルコとの会話を終えたロイドはベッドの上に座ると色々と考え始めました。個室になり周囲の雑音や話しかける人がいなくなったので自然と自問自答を始めています。

ベッドの上で正座をしながら難しい顔で目を瞑《つむ》るロイド。

「静かだなぁ……確かに座禅とか組んだりメンタルトレーニングにはうってつけの場所かもしれない」

監獄にかかわらず、常日頃《つねひごろ》から騒がしい面々に囲まれているロイド……彼に必要だったのはこんな時間だったのかもしれませんね。おまけで前科が付いてしまいましたが。

そんなロイド、自問自答しているとちょっとした心配事が浮かんだご様子です。

「そういえば、まだ一週間経っていないけどマリーさんは大丈夫だろうか」

本当は早めに切り上げるつもりだったお使い。二、三日で帰るつもりだったのでさほど気にしていなかったのでしょうが、ここに来て気になり始めたご様子です。

「みんながいるから大丈夫だと思うけど……お酒の飲みすぎとか心配だなぁ、羽目を外していないと良いけど」

マリーさん、羽目は普段から結構外していますが……そこはスルーしましょう。

不安を抱えたままふと顔を上げ小さな窓の外を見やります。日が沈み幾ばくも経《た》っていない紫がかった星空でした。

ロイドは足かせをプラモデルの解体感覚で外すと思い切ってジャンプします。子供一人分くらいの小さな天窓にピタリ張り付きました。

「えーと……あの山があそこにあるから……あれ、意外とアザミから離れていないなぁ。馬車に長いこと揺られていたからもっと遠いかと思ったけど」

実際はかなり離れているのですが……まぁロイドですからね。大陸を走って六日で横断できる彼にとって山二つ分くらいは近場の範疇《はんちゅう》なのでしょう。

そんな折、ドアの外から声がかけられます。

「点呼だ、ロイド・ベラドンナ」

「あ、はい。いま～す」

「よし、大丈夫だな」

確認し立ち去ろうとする看守をロイドが呼び止めます。

「あの～スイマセン」

「なんだ?」

「外出許可ってどうやってとるんでしょうか」

この問いに、看守はドア越しからも呆《あき》れる顔がわかるほどの声音で答えます。

「そんなの聞いてどうするんだ?　出られるものなら自由に出て構わないぞ」

「ここは監獄だぞ」という意味の皮肉を言って立ち去る看守。しかしロイドはその言葉を真に受けてしまいました。

「あ、外出許可は必要ないんだ……でも忙しそうだからここを開けてもらうのは申し訳ないなぁ……そうだ」

そこでロイドは窓から外に出ることにしました。気を利《き》かせたつもりでしょうが完全に脱獄っぽいことをしています。無自覚脱獄というパワーワードが誕生した瞬間でした。

鉄格子《てつごうし》付きの嵌め殺し窓をまるで知育パズルを分解するように外していくロイド。足かせを簡単に外して天井に張り付くことや、分厚い窓ガラスを力技で引っこ抜かれることや、窓を通れるサイズの子供が懲罰房に入ることなど……設計者の思ってもいなかった要素が積み重なり脱獄の下準備は整ってしまいました。

分厚い窓ガラスをゴトリと部屋の隅に置き、ロイドは窓から外へと脱出を試みます。

「んしょ、んしょ……えーっとどこへ行けばいいかな？」

ここで一つ、この懲罰房であるC棟の立地や構造に関してご説明しましょう。

懲罰房……危険人物や看守を含め監獄生活においてルールを逸脱した者を収容する場所なのでかなり厳重な造りになっています。

頑丈な扉はもちろん、巡回する看守の装備品も一級品で余念がありません。そこらの冒険者の装備より高額だったりします。

そして何より、断崖絶壁の渓谷のそばに建てられているため万に一つC棟から逃げ出せたとしても逃走ルートは監獄内のど真ん中を突っ切らなければならないのです。

たとえロープや風魔法を駆使して渓谷の下へ降りても、そこは高レベルモンスターの巣窟……あの世へ逃走したいのなら話は別ですがまだ監獄内を突っ切った方がワンチャンあるでしょう。設計者曰《いわ》く「空でも飛べなきゃこっから逃げられねえよ」とのこと。

その空を飛べる人物が今まさに窓の外からはるか先を見やっています。

「ここから飛んでいけば二、三時間で往復できる。マリーさんに『すぐ帰れません』と一言だけ伝えよっと」

設計士の人が今いたなら肩を叩《たた》いて慰めてあげたいですね、「普通空を飛べる人間を考慮には入れないから、アレ例外だから」……と。

そんなわけでロイドによる無自覚脱獄が決行されることになりました。

「エアロ！」

ロイドによる初級魔法の応用「エアロでの空中飛行」。応用の範疇を超えていますが彼曰く「まだ改良の余地がある」とのこと。

安定した飛行姿勢で彼はうっすら星が見え始めた夜空へと飛び立ちました。その姿は遠目から見ただけでは人間とはわかりません、鳥か何かかと見間違えることでしょう。

そんなわけでロイドは脱獄不可能と言われていたジクロック監獄をコンビニ感覚で抜け出してマリーたちとの再会を果たしたというわけなのでした。

ロイドの脱獄でリンコのごまかし計画は一瞬で破綻したのですが……もう二人、彼の脱獄で被害（笑）を受けた面々がおります。

まずは一人目、昇青竜党のアミジン・オキソです。

同日同時刻……数奇なことにアミジンたちも脱獄を企《くわだ》てておりました。

点呼を終えもう消灯前の自由時間となったB棟。

「トランプで賭事《かけごと》をする」という名目でアミジンたちは看守に賄賂《わいろ》を渡し独居房の一室に集まって最後の打ち合わせを始めていました。

「おい、ちゃんと身代わりは置いてきたか？」

「万事抜かりありません。ここにいる全員、丸めた布団《ふとん》にかっぱらった囚人服を着せて、だめ押しでこの日のために地毛で作ったウイッグを被《かぶ》せてきましたから」

そこまで言った構成員は堪《こら》えきれずに笑いだします。脱獄する喜びやらなんやらで昂揚《こうよう》しているのでしょう。

「バカな連中ですね、トランプではなく脱獄と気が付いたらどんな顔をするか……」

そんな部下をアミジンは静かに叱責《しっせき》します。

「笑うのは脱獄してからだ」

「あ、す、スイマセン」

アミジンは満足げに頷《うなず》くといっそう厳しい顔つきになりました。

「買収した看守には夜通しトランプするからと言ってはいるが油断はできない。少しでも不審に思われたら命取り、そのためにウィッグを使ったダミーまで用意したのを忘れるな」

無言で頷く部下たちを見てアミジンは最終確認に入ります。

「脱獄ルートや看守の動きは頭に叩き込んであるな？　おい、お前」

学校の先生のようなアミジンに指された部下の一人は慌《あわ》てることなく答えます。

「消灯後二人目の看守が通り過ぎた後、洗面台の下水管沿いに広げた穴から用具室へ、そこから警備員が二人巡回し終わった後火葬場へ。そこの窓からわざと手入れをしていない茂みに身を潜め、植木の中に潜り込んで東側の壁に……ですよね」

「パーフェクトだ。そして枯れ葉で隠してある抜け穴を通ってそのままおさらば。ここから抜け出せば後はどうとでもなる。そして昇青竜党の再興を目指すんだ、毎日酒を飲み肩で風を切ったあの頃に戻るぞ」

放蕩《ほうとう》の時代に戻りたい構成員たちは鼻息荒く頷きました。

そして点呼、消灯してから小一時間後。コツンコツンと二人目の看守が巡回する足音が廊下に響き渡ります。

「時間だ」

アミジンは部下に指示を出し洗面台を外させました。床と洗面台のこすれる音がしないよう油を引きながらゆっくりと……

そして下水管沿いに開いている大人一人ギリギリ通れる穴が現れました。刑務作業中に盗《と》ってきた工具を駆使し手作業で掘った穴のようです。

アミジンはそこにザルコから譲り受けた手製の縄ばしごを垂らします。

「感謝するぜザルコ。いつ壁面が崩れるかわからない手作りの穴に縄ばしごはありがたい」

「脱獄途中で抜け穴が崩落して生き埋めになったらたまんないですからね」

「この脱獄で一番の鬼門だったからな……さぁいくぞ」

アミジンを先頭にするすると縄ばしごを降りていく一同。壁面から飛び出た石やらが体に食い込みますがそんなのはお構いなしに降りていきます。その先に自由があるのですから。

全員B棟から脱出した後速やかに用具室へと身を潜めます。あらかじめ鍵を開けておいたようで窓からスムーズに侵入します。

「穴を開けた工具といい、この窓といい……ウルグドに媚《こ》びを売って刑務作業に真面目《まじめ》に取り組んだ甲斐《かい》がありましたね」

「あの監獄長もこんな大それたことのために取り入られていたとは思わないだろうな」

ここまで来ればもう逃げられたも同然と気がゆるむ構成員たち。

アミジンも注意こそしますがどこか余裕が窺《うかが》えます。

「最後まで気を抜くな……今から二人看守が通り過ぎたら連中の交代時間だ。一気に火葬場に行って茂みに隠れて抜け穴まで走るぞ」

静かに頷く部下たちを見てアミジンは不適に笑いました。

「脱出不可能と呼ばれた国境監獄ジクロック……初めて脱出するのは俺たち昇青竜党だ」

残念、もうすでに脱獄は二番目なんですよね。

そんなことなど知る由《よし》もないアミジンたちは手はず通り二人目の看守が通り過ぎた後一気に

用具室から火葬場へ、そして手入れの行き届いていない腰まで生い茂った茂みの中に身を隠そうとします。

「わざとここだけ除草作業をしなかったのはこの日のため。そしてそのまま植木の中に潜り込んで壁の抜け穴まで一直線よ」

ほくそ笑むアミジンは火葬場の窓を開け茂みに潜り込もうとしました……ですがここで異常事態が発生します。

「あれ？」

らしからぬ間の抜けたアミジンの声に部下が尋ねます。

「ど、どうしましたアミジンさん……あれ？」

彼と同じように間の抜けた声を発する部下。他の構成員も何が起きたのかと窓から外を覗《のぞ》き込みました。

なんということでしょう、一面生い茂っていたはずの火葬場の裏がスッキリ除草されているではありませんか、ゴミも小石も全て取り除かれ手入れが行き届いております。

「ど、どうしたんだ……こっちの窓で合っているよな」

方向を確認したり目をこすったりして我が目を疑うアミジン。部下たちも同じような動きをします。

「い、いや、そんなことはない……昨日の刑務作業の時に確認したけど、そんときゃボウボウに生い茂っていたじゃねーか」

　一回の刑務作業で片づけるにも十人がかりでやってなんとかなるレベルで草が生い茂っていたはずなのに……とアミジンたちは火葬場の中でしきりに「どういうことだ」を連呼していました。

　さぁ、ではなぜアミジンたち曰く刑務作業中も生い茂って誰も手を付けていなかったはずの草が無くなっているのでしょうか。

　その理由は皆さんもうおわかりですね……というわけで、ちょっとだけ回想シーンに入りましょう。


　先日、アミジンの呼び出しを退けたロイドは遅れた時間を取り戻そうと清掃作業に勤《いそ》しみました。

　ロイドの清掃能力……皆さんもうご存知ですよね「高機動・広範囲・高クオリティ」の３Ｋを体現した最新ル●バも助走をつけて逃げ出すレベルだということを。

　アミジンたちから解放されて数分の残り時間で自分にできることはないかと周囲を見回したロイドはその不自然に生い茂った火葬場の裏手を発見します。

「あれ？　ここだけすごい雑草だ……早く引っこ抜かないと深くまで根が張っちゃうから大変なのに……」

そんな草むしりをした後のことまで考えているロイドは「とりあえず草を刈り込んで後から除草剤で対応しよう」という考えに至りすぐさま草を刈り取ることに決めました。

道具も使わず手刀で雑草を切り刻んでいくロイド。

瞬く間に生い茂っていた火葬場の裏手はスッキリ地面が見えるほどまで刈り取られました。

「土が見えるようになったから後は除草剤をまくだけだ」

そこに看守が現れました。

「ん？　そこで何をしている？　あまり一人で離れて行動するな」

「あ、はーい、すいません。草が生い茂っていたもので」

悪意のないロイドの言葉に看守は「次からは注意しろよ」と言うにとどめた……というわけです。


回想終わり。

そんな善意で自分の作戦がパーになってしまったとは知らない昇青竜党の構成員たちは「脱獄計画が漏《も》れたのか？」と右往左往。

浮き足立つ部下たちにアミジンが一喝します。

「落ち着けお前ら！　洗面台裏の抜け穴が放置されていたんだ、バレているわけないだろう！」

「そ、そうですね。すいません」

「草が刈り取られているのは誤算だったが一人一人タイミングを見て植木に潜り込めば問題ない。ここまで来たんだ、必ずやり遂げるぞ」

そうです、植木にはアミジンたちの手によって人が這《は》い蹲《つくば》って通れるほどのスペースが確保されていました。外からじゃわからない植木のトンネル。そこに潜り込んでしまえば大丈夫とアミジンは部下たちを落ち着かせることに成功しました。

「ちょいとばかりシビアになっちまったがまだ大丈夫だ。『脱獄だー！』と看守に叫ばれない限りこの作戦は中止にはならない……気ぃ張れお前ら」

アミジンがそう気合いを入れ直したその時でした。

「脱獄だぁぁぁぁぁぁ！」

遠くから聞こえるウルグド監獄長の絶叫が虚空に響き渡りアミジンを含めた一同身をすくめます。即フラグ回収され冷静だったアミジンも浮き足立ちます。

「あ、アミジンさん⁉」

「ど、どういうことだ……」

窓から外を見やるアミジン、もしや取り囲まれたか……と思いきや看守たちは火葬場を無視し、懲罰房の方向に駆けだしています。どうやら懲罰房で脱獄があったと睨んだアミジンはひとまず胸をなで下ろします。

「もしやザルコ……いや違うな、誰かは知らないが脱獄して見つかりやがったんだ。正門周辺がもう看守で固められている。ここも直《じき》に看守が来るぞ」

「いったん戻るしかないですか？」

「ちくしょうもう少しだってーのに！　どこのどいつだ同じ日に脱獄してヘマするなんてよ！」

アミジンとその部下たちは毒を吐きながら必死になって元来た道をひたすら戻るハメになるのでした。

そしてもう一人、ロイドの脱獄で悲しい目に遭った男を紹介しましょう。

「ふんふ～ん」

上機嫌に鼻歌を歌っているこの方、ウルグド監獄長です。

ロイドがアザミ王国から飛び立ちアミジンたちがコソコソ脱獄している時間の夜の懲罰房にて、彼は廊下を我が物顔で闊歩《かつぽ》していました。

ゴツイ顔で葉巻を咥《くわ》え夜の散歩としゃれ込んでいる……というわけではなさそうですね。

両脇には物々しい道具の数々を抱えています。どれもこれも拷問具のようでしかも使い込まれているようです。

「懲罰房で泣きわめいてもだーれも助けに来てくれんぞ、ロイド・ベラドンナ。いくら凄腕《すごうで》の詐欺師《さぎし》でもどうしようもない状況に絶望するがいい」

サディスティックな笑みを浮かべるウルグド。どうも彼はムカつくロイドを個人的に痛めつけたいがためあの手この手を使って懲罰房に移送した模様です。

分厚い扉に視認性の悪い小窓が付いているだけ……確かに逃げ場もなく非道なことをするには最適な場所と言えるでしょう。

そして修学旅行を楽しみにしている中学生のように脳内プランを読み上げています。

「まずは雷魔石搭載のムチだな……いや待てよ、すぐに気絶されたらつまらん。こっちか？」

まるでカップラーメンを買い込んでどれから食べようか悩んでいるように……拷問具を手に取りじっくり吟味しているウルグド。

そうこうしているうちにあっという間にロイドの収容されている懲罰房前にたどり着きました。

「おっと、いかんいかん。楽しいと歩みが速くなってしまうなぁ……ククク」

彼は下品な笑みを浮かべるとマスターキーを使い重い扉を開け放ちます。

「ノックもなく失礼するよ、ロイド・ベラドン……な？」

しかし、ご存知の通り今ロイドはお出かけの真っ最中です。もぬけの殻の懲罰房を見てウルグドはすぐさま現状を理解できなかったのか、しばらく無言で上下左右をキョロキョロ見回しています。まだ余裕の笑みが浮かんでいますね。

「隠れているのかぁ？　それとも壁に張り付いているとか、シーツにくるまって泣きべそでもかいているのか……この詐欺師め！」

もう子供相手にかくれんぼをしているお父さんのような独り言を繰り返しながらつぶさに部屋中を調べるウルグド。次第に彼の顔から余裕の笑みが消えていき、ついには懲罰房を出て隣を確認して「間違っていないよな」なんて確認する始末でした。

脱出不可能と設計者が豪語する国境監獄ジクロック……ウルグドも難攻不落であることに自信があったのでしょう。「脱獄」の二文字が頭からすっぽ抜け「どこかに隠れている」としか考えていないようです。

「最近の詐欺師は隠れるのが上手《うま》いなぁ。どこに……え？」

しかし、部屋の隅に丁寧に置かれていたのは外した鉄格子と窓ガラス、そして鉄の足かせ。まさかとウルグドが天井《てんじょう》を見上げると採光窓が綺麗《きれい》に開いており爽《さわ》やかな夜風が彼の頬《ほお》をくすぐるのでした。

天井を見上げ、しばらく呆《ほう》けていた彼ですが沸々と怒りがわいてきたようで……

「脱獄だぁぁぁぁぁぁぁぁ！」

懲罰房中に響き渡る大きな声で「脱獄」と絶叫するウルグド。

そして詰所に押しかけては寝ている看守も関係なしに叩き起こしたのでした。

「か、監獄長⁉　どうしたんですか⁉」

「どうしたもこうしたもあるか！　脱獄だ脱獄！　懲罰房で脱獄が起きたんだ！」

「え？　なぜ監獄長が懲罰房にいらっしゃったんですか⁉」

看守の口から出る当然の疑問でしたが、答えることなく胸ぐらを摑んで恫喝《どうかつ》するように命令します。

「なぜもくそもあるか！　脱獄なんだよ！　探し出せクソが！」

尻を蹴《け》飛ばされ看守は慌てて詰所から飛び出て廊下を駆けだします。

「点呼しろ点呼！　一緒に逃げだした奴《やつ》がいるかもしれない！　Ａ棟Ｂ棟、懲罰房に病棟も徹底的に点呼しろ！　そして草の根わけても探し出せ！　特に懲罰房周辺を念入りにな！」

そして寝静まった監獄内に魔石拡声器による警鐘が響き渡り囚人たちも寝ぼけ眼をこすり上げ何が起きたと狼狽《うろた》えています。

ウルグド自身も槍《やり》を持って懲罰房棟から飛び出しました。そして草の生い茂った場所、資材が積み上がっている場所に向かって槍を突き刺す残虐《ざんぎやく》な方法で隠れていないか確認しだします。

「隠れても無駄だ！　出てこい！」

そしてその足で正門の方へ向かい唾を飛ばしながら看守たちに確認します。

「異常はないか!?」

「はっ！　誰もこちらには向かってきておりません！」

「ならまだ敷地内にいるか……この騒動のどさくさに紛れて看守に変装でもするつもりか？　それとも死を恐れず渓谷に飛び込んだか？」

一通り隠れられそうな場所を探したウルグド、運動不足なのか肩で息をしていますね。

「はぁ、はぁ……どこにいる……ハッ⁉　まさか⁉」

どこか思い当たる場所があるのかウルグドは槍を放り投げると腹を揺らし駆けだしました。

駆けだした先は火葬場……そして「故障中」と張り紙のある焼却炉の中に身を潜《くぐ》らせるとその奥の隠し扉を押し開けます。

「まさか……俺の楽園に迷い込んでんじゃねーだろうなぁ……」

煤《すす》で体が汚れるなんて気にも留めず汚れた通路を地下へ地下へと進むウルグド。

そしてたどり着いた先には奇妙な試験管が大量に並べられている研究室のような空間が広がっていました。

試験管の中は粘度のある培養液的な何かで満たされ、その中には件《くだん》のカラクリが膝《ひざ》を抱えて浮いています。

コポコポと気泡の音だけが響く不気味な部屋をウルグドは鬼のような形相で見回します。

そして誰もいないことを確認し安堵《あんど》の表情を浮かべるのでした。

「どうやら無事のようだな。正直脱獄よりこっちが明るみになる方がマズい……人騒がせなガキだ、見つけたらタダじゃおかねえぞ……」

念のため内部をもう一度見回し、何も盗られていないことを確認したウルグドは急いで元来た道を戻り、人目を気にしながら火葬場から立ち去ったのでした。

そして火葬場から戻ったウルグドは看守詰所に戻ると点呼の報告を受けていました。

緊張の面《おも》もちで整列する看守たち……いつもなら囚人を整列させる側の人間ですがウルグドの前では罪人のようになってしまいます。よっぽど普段から厳しい……というか理不尽かつ横暴なのでしょうね。

「順番に報告しろ。正門及び監視塔……問題はなかったか？」

「はい、看守も全員身分を確認しました、なりすましはいないかと」

「よし続いてA棟」

「A棟、囚人全員揃《そろ》っています、看守も無事です」

「よし、次」

「B棟、囚人、看守ともに全員揃っています。一部の囚人たちはポーカーに明け暮れていたので厳重注意をしておきました」

どうやらアミジンたちもなんとか無事戻れたようですね。

「うむ、次、病棟」

「病棟の囚人も問題ありません。薬品が盗まれた形跡もありませんでした」

「最後にC棟……懲罰房だが……」

「懲罰房も問題ありませんでした」

「うむ……むむむ!?」

流れるように頷いたウルグドですが「そんなわけないだろう」と怪訝《けげん》な顔を看守に向けます。

「問題ないわけないだろう！　懲罰房だぞ！」

「えっと……問題があった方がよかったでしょうか？」

「いいわけあるか！　このバカが！　懲罰房だぞ⁉」

懲罰房だから何なのか……支離滅裂なウルグドの発言に看守たちは目を見合わせて困り果てます。

そんな様子など意に介さず、口の端に泡をため、唾を飛ばし、物を蹴飛ばす上司に看守たちは次第に嫌悪感を露《あら》わにしていきます。

「あの、確か『脱獄だ！』の第一声は監獄長でしたが……誰が脱走したんですか？」

「だから懲罰房のロイド・ベラドンナだっつってんだろ！　この目で確認したんだ！　間違いない！」

いますよね、頭の中で説明したつもりになって話を進めて怒りだす人……そんな理不尽な上司あるあるをキッチリ踏襲するウルグドに看守たちの不信感はさらに募ります。

そして怒り狂うウルグドは「ついてこい！」と怒鳴りながらロイドの懲罰房へと部下を引き連れます。

マスターキーを乱暴に鍵穴に差し込み重々しい懲罰房の扉を蹴って開けると看守たちに中を見せます。

「よく見ろお前ら！　もぬけの――」

「あれ？　どうしました？」

はい、そこには先ほど戻ってきて点呼に間に合ったロイドの姿がありました。

気まずい空気がウルグドと部下の間に流れます……たとえるなら書類が見あたらないと大慌てした上司が部下を巻き込んで探させたくせに結局自分の鞄《かばん》から出てきた時のような空気です。

「い、いや！　そんなはずはない！　天井だって……」

「天井？」

上を見上げるウルグドと看守たち。しかし採光窓が開いている気配はなく鉄格子もしっかりとはめられていました。もちろんロイドがしっかり直しました、開けたら閉めるタイプなので。

「別段問題なさそうですが」

「そ、そんなハズは！　嘘《うそ》だろ……」

ウルグドはバツが悪い&憤りを向ける場所が見あたらずトイレを我慢しているような形相になるしかありません。

「えっと……何か起きたんですか？」

「あ……いや、こっちの手違いだ。すまない、すぐ出る」

看守の中では古株のアスタキが率先して頭を下げ、ロイドの懲罰房の扉を閉めました。自分が抜け出したせいで大騒ぎになったとは思っていないロイドは首を傾げるしかありません。

まぁそうですよね、脱獄不可能と言われた監獄を抜け出した快挙を達成した以前に自分が牢屋《ろうや》に入っているということすら認識していないのですから。

ガチャリ……静かな廊下に懲罰房の鍵をかけ直す音だけが響きました。

気まずい沈黙……看守たちの白い目に耐えられなくなったウルグドはまくし立てながら言い訳します。

「な、なんだその目は！　ほんとにいなかったんだ！　嘘じゃない！　天窓だって開いていたんだ！」

「本当にお化けを見たんだよ！」と訴える子供のようなトーンで力説するウルグド監獄長。必死ですね。

一方、まったく問題ないのに「脱獄だぁ！」と騒がれ罵声《ばせい》を浴びせられたり寝ているところを叩き起こされたりした看守たちは「たまったもんじゃない」と言わんばかりの表情です。

普段の言動から積もったものもあったのでしょう、皆の代表としてアスタキが前に出ると物申します。

「監獄長、そもそも見回りの看守でもないのに夜更けに何をしようとしていたんですか？」

「う、ウグ……」

痛いところを突かれウルグドは苦悶の表情です。気にくわないから私的に痛めつけようとしたなんて立場上は言えませんよね。

「噂《うわさ》では聞いていたけどまさか……」『まじで私刑していたのかよ』『少年愛？　やばいじゃん」

本当に私刑をやっているとは信じたくなかった看守たちは今までの横暴も含め侮蔑《ぶべつ》の眼差《まなざ》しを向け始めました。

「ち、違うぞ！　俺は少年に欲情したりはしない！　そういう理由じゃない！」

このタイミングでそんな風に言い訳しちゃったら、本当のことじゃなくてもカミングアウトしているようなものですね。一部の看守たちは一歩二歩後ずさって距離をとります。

「監獄長の性的嗜好《しこう》はともかくとして……これ以上の監獄私物化は正直目に余ります」

「お、おまえ！　俺に意見するのか⁉」

苦労顔のアスタキは毅然とした態度をとります。

「囚人だって人間です、私的に暴力を振るうのは許される行為じゃありません。今回の件は監獄運営出資者の方にもご報告させていただきます……始末書程度で済めばいいのですが」

「ぐ、ぐぬぅ……」

部下に誤解され見下され、あげくの果てにスポンサーに報告される……ウルグドの腸《はらわた》は煮えくり返っておりました。

怒りや焦《あせ》り……ウルグドは沸き立つ負の感情の全てをロイドへ向けます。

「やりやがったなあの野郎……俺の行動を読んで陥《おとしい》れるため天窓をこじ開けてどこかに隠れてやがったんだ……後悔させてやるぞロイド・ベラドンナ……お前を素体としてカラクリに改

造してやる」

ウルグドの逆恨《さかうら》みにも近い怨念……それが殺意に変わるのにそう時間はかかりませんでした。


ロイドの無自覚監獄生活三日目。

懲罰房にて目を覚ましたロイド、とりあえずすることがないのでシーツを綺麗にしてからストレッチを始めます。

ガチャガチャ音を立てる鉄球付きの足かせを見て不思議そうな顔をしていました。

「うーん……このアクセサリ本当に疲れをとるやつかな？　床とか傷つけちゃいそうだし仕事しにくくなるし……別の目的があるのかな？」

鉄球を足かせと思わないロイド。まぁ「動きづらい」と言わせた時点で一応の目的は果たせましたが足かせさんサイドからしたら納得いかないでしょうね。

「ひんやりした抱き枕《まくら》とか？　でも足に着ける意味ないしなぁ……あ！　鎖が切れたら願いが叶《かな》うミサンガ的なやつかな？　しまった、普通に昨日外しちゃった」

だとしたら「なかなか夢は叶わない」という意味がこもってそうな悪意あるミサンガですね。

そんなことを考えているロイドの懲罰房に古株看守のアスタキが入ってきます。

「ロイド・ベラドンナ」

「あ、はい。おはようございます」

律儀に挨拶をするロイド。彼はその丁寧な態度に面食らいますが気を取り直して用件を伝えます。

「出るんだ、君をA棟に移送する」

昨日の今日でもう前の場所に戻る……さすがのロイドもこれには驚きました。

「え？　昨日ここに来たのにもうですか？　もしかして……お試し期間だったんですか？」

懲罰房をVIPルームと勘違いしていたロイドはこんな風に解釈しました。

何をもってお試しなんだとアスタキは言いたげでしたが、このままじゃ話が進まないと淡々と事務をこなします。

「どうやら手違いがあったみたいでな」

「あ、そうなんですか」

手違いなら納得と彼の指示に従いました。

懲罰房を出たロイドは何気なくアスタキに尋ねます。

「あの……監獄長さんが特別って言っていましたが、ここってどの辺が特別だったんですか？」

「知らない方が賢明だぞ」

ウルグドがロイドにあれこれしたいために懲罰房送りにしたと勘違いしているアスタキは「知らぬが仏」と言葉を濁してあげたのでした。

そんな訳で比較的罪の軽い囚人の集まるA棟にとんぼ返りしたロイド。彼の帰還に他の囚人から驚嘆の声が上がりました。

「ろ、ロイドの兄貴だ！」『懲罰房から一日で生還とか！』『どんなマジック使ったんだよ！』『すごいよロイドさん！」

もう兄貴呼びする囚人もいますね。懲罰房に入れられても一日で生還、そして平然としているロイドを見て囚人たちはまるで伝説を目の当《ま》たり《あ》にしたように感動しています。

同室のミノキは安堵の表情で彼を迎えます。

「ろ、ロイド君⁉　無事だったかい？」

「あ、はい。どうやら手違いだったようで……あまりＶＩＰコースを堪能《たんのう》できませんでした」

懲罰房をＶＩＰコースと言ってのけるロイドに周囲の囚人たちは感服の表情です。「さすがロイド」コールが万雷の拍手とともに叫ばれます。

「堪能できなかったって……スゴいな君は……」

なぜ感心されているのか、なぜ拍手で迎えられているのか全くもってわからないロイドは、とりあえず手を挙げ周囲の歓声に応対します。おっかなびっくり民衆の声に応《こた》える小さい王子のような雰囲気です。

おろおろしているロイドの様子を察したミノキは沸き立つ周囲を落ち着かせます。

「ほらほらみんな、ロイド君が困っているからその辺にしよう」

「なんだよ爺《じい》さん、付き人かよ」

「まぁ元々地方貴族の秘書をやっていたので当たらずとも遠からず……っとそんなことはいいんです。そろそろ食堂へ行かないと怒られますよ」

「あ、はい！　行きましょう！」

そして一同、ロイドを囲んでゾロゾロと食堂へ向かいます。巨大病院の院長の総回診が如《ごと》く大所帯での大移動でした。すっかり囚人たちのヒエラルキーの頂点に君臨してしまったようですね。

そんな彼をじっと見つめる二つの影が……

「あれはまさか……」

「まさかですなぁ」

その影はロイドが朝食の乗ったトレーを持ち座った席の隣に座ろうとしました。

「やぁ、隣いいかな?」

爽やかに声をかけ颯爽《さっそう》と隣に座るその人物は――

「あ、あなたはメルトファンさん！」

短い銀髪に鋭い目つき。アザミ軍元大佐、現在農業特別顧問の男、メルトファン・デキストロでした。

「ヌハハ！　メルトファンの兄貴だけではないぞ！」

続いて現れたのは囚人服を颯爽と脱ぎ、煮卵のような尻と鶏肉の黒酢煮のようなモモ裏を見せつけるマッチョメン。武術の聖地アスコルビン自治領出身のタイガー・ネキサムでした。

「ロイドさんの知り合いなんですか？　この個性的な奴ら」

「こいつら今朝《けさ》入所した新入りですぜ」

喧嘩《けんか》を売ってきたと身構える、ロイドを囲う囚人たち。

「ロイド君、知り合いなんですか？」

ミノキの問いにロイドは笑顔で答えます。

「あ、はい。この人はメルトファンさんでアザミ軍の――」

そのロイドの言葉を遮《さえぎ》るようにメルトファンが台詞《せりふ》を被せます。

「私は農業に囚《とら》われた罪人、農民のメルトファンと申します。そして――」

「ヌハハ！　我《わ》が輩《はい》は筋肉の罪人！　キュートな尻が自慢のタイガー・ネキサムでっす！」

また囚人服を脱いで筋肉を誇示するネキサム。その陰に隠れてメルトファンがロイドに耳打ちします。

「すまないロイド君、軍人というのはここでは伏せてくれ。色々面倒なのでな」

「あ、はい……でもお二人はどうしてここに？　奇遇ですね」

その問いにネキサムは困ったように笑いました。

「それはこっちの台詞だロイド少年。いやはや君は我が輩の想像をいつも超えてくれる。感心を通り越して自慢のハムストリングも震えておるわ！」

感心を通り越すと震えるシステムなんでしょうか？

ちなみにネキサムが囚人服を早脱ぎする度に看守は「何しているんだ」と注意しようとしますが、次の瞬間には服を着ているのでなかなかタイミングが摑《つか》めないでいます。ブレイクのタイミングの見つからないボクシングのレフェリー状態と言ったところでしょうか。

「これぞタイガー☆キャストオフ……またの名を『居合い脱ぎ』！　目にも留まらぬ早脱ぎで筋肉を見せつけ同じスピードで服を着る極意なり。見た者に目の錯覚と思わせサブリミナルと同じ効果が期待でき、通常の脱衣よりも相手の脳裏に肉体美を焼き付けることのできる新必殺技よ！」

新手の嫌がらせか何かでしょうか。

「あの、誰に何を説明しているんですか？」

「ヌハハ、まだ脱衣方面でロイド少年に負ける気はないぞ！」

律儀にツッコむロイドに謎《なぞ》の対抗意識を燃やすネキサム。

そんなアスコルビン自治領の有名人ネキサムの登場に一部の囚人たちはどよめいています。

「あの『拳《こぶし》の一族』の長、タイガー・ネキサム……何して捕まったんだよ」

その疑問にネキサムはシュババと反応し上腕二頭筋を見せつけながら答えます。

「知りたいか同じ罪人よ。我が輩のキュートでポップな尻が罪だというのだ……誠に遺憾であるゾッ！」

その言葉を聞いて囚人たちは「あ、わいせつ物陳列罪で捕まったんだ」と察しました。

補足するようにメルトファンが間に割って入りました。

「実に不本意だが私とネキサムは国境付近でフンドシ一丁&パンイチになってしまい、なぜか捕まってしまったんだ」

なにが不本意なのでしょう、真顔で言うことではないですよね。

そしてメルトファンはその流れでロイドに尋ねます。

「ところで、なぜ君がここにいるんだ？　そんなことアルカ村長は何も言っていなかったが……」

ロイドはきょとん顔で逆に聞き返しました。

「あれ？　メルトファンさんもネキサムさんもここはご存知ですよね？」

「えっとまぁ……」

「存じておるが……」

歯切れの悪い二人に対しロイドは屈託《くったく》のない笑みを浮かべています。

「お二人ともすぐ脱ぎたい衝動をコントロールできるようになりたくてこの精神修養所に……自己啓発セミナー合宿に応募したんですよね」

「「は？　精神？」」

目を丸くしたメルトファンとネキサム。そして二人は「ちょっとタイム」と言って肩を寄せ合い小声で話し合います。

「この様子じゃロイド君はここが監獄ということを知らないのではないか？」

「メルトファンの兄貴よ、いつものようにロイド少年は何か我が輩たちの尻と同じくらいキュートな勘違いをしておるのではなかろうか」

「では、アルカ村長の命令でこの監獄を調査することになったとはまだ言わない方が良さげだな」

アルカの命令でこの監獄を調査しに来たこの二人。てっきりロイドも同じ事件を追っているのかと思いきや全くの無関係だったので困惑している模様です。

「ロイド君のことはひとまず保留して……私たちは自分の任務を遂行しよう」

「アルカ村長には定期報告の時にでもこの件は伝えましょうぞ」

ヒソヒソと話しているメルトファンとネキサム。

その様子を見て周囲の囚人たちはザワついていました……大物ネキサムと彼の兄貴分であるメルトファン、そんな二人とマブダチ以上の関係っぽいロイド。ますます囚人たちのロイド崇拝が加速していっている模様です。

「アスコルビン自治領のネキサムとマブっぽいぞ」「その兄貴分とも仲がいい」「ロイドさんと仲良くすればうだつの上がらない俺の人生も……」

恩を売っておいて損はない……ロイドが何かでっかい組織のフィクサーに見えてきたのでしょうね。

さて、その様子を遠目から見ている人物が――

アミジンです、こちらはガチの元フィクサー。ロクジョウ王国を陰で操《あやつ》って掌握まであと一歩のところだった男。

「タイガー・ネキサム。そしてもう片方は俺の知る限りアザミの軍人じゃないか？」

アスコルビンの有名人とアザミ軍きっての鷹派《たかは》と呼ばれたメルトファン。

この二人が揃って監獄入り……アミジンは何か臭うと顎《あご》に手を当てます。

「水と油みたいな二人が揃って収容されるのはおかしいな、ていうか兄貴と呼ぶのは逆じゃないか？　筋肉の方はどう見ても四十オーバーだろう」

まさかこの二人が農業&肉体美で意気投合しているとは読めなかったみたいですね。

傍《かたわ》らのアミジンの部下も怪訝そうな顔をしております。

「アミジンさん、やっぱり」

「あぁ、おそらくあの二人も監獄の調査をしに来たんだ。となるとロイドの奴も目的は同じか……ロクジョウからロイド、アザミから大佐、自治領からネキサムが派遣されたと考えれば合点がいく。ウルグドの奴、ずいぶん大それたことをしているみたいだな。巻き添えはゴメンだぜ」

アミジンに構成員が進言します。

「アミジンさん、ここはアイツらに協力して恩を売るのはどうでしょう。そして刑期を軽くしてもらえば……イテ」

構成員に対しアミジンが軽く頭を小突きました。

「無期から軽くなったところで十年以下にはならないだろ。逃げた方がいい、日和《ひよ》ってんじゃねぇよ」

「しかし昨日の一件、バレなかったとはいえ再チャレンジするのは難しいですぜ」

そうです、昨日の脱獄云々《うんぬん》の一件でアミジンたちは逃走ルートを破棄せざるを得なくなったのです。

「おそらく昨日の騒動で看守の巡回ルートも変わっている……草もすぐには生えないし……こうなったらザルコに協力してもらうしかないか」

というわけで、アミジンは再度怪盗ザルコに脱獄の手助けを頼もうと決意したのでした。

その怪盗ザルコは朝から看守に連れられ病棟に向かっていました。

懲罰房の囚人……本来ならば片時も気を許せない大罪人。しかもかの有名な怪盗ザルコとあっては一瞬でも隙《すき》を見せてしまったら逃げ出してしまうかと本来ならば看守一名のところを五人で囲んで移送しています。

何かするんじゃないかと警戒心を高め一挙手一投足を瞬きもせず見つめる看守たち……一流マジシャンのタネを暴いてやる、それに近い意気込みすら感じ取れます。

しかし、そんな警戒も数分で解かれてしまいました。

ロイドと会話をしてしまい、あの忌《い》まわしい思い出がフラッシュバックしてしまったザルコは昨夜からずーっと恐怖で一睡もできなかった模様で、目なんて落ちくぼんじゃって一夜でゲッソリ痩《や》せ細っているからビックリです。

最初はこれも演技か何かかと警戒していた看守でしたが指先も冷たく足取りも覚束《おぼつか》ない彼を見て「本当に病気だ」と警戒を解き、今じゃ逆に「やべー病気か？　うつるやつか？」と別の警戒をする始末です。

「大丈夫なんでしょうか？　……昨日まではマトモだったのに一晩でこの変わりよう、ただ事じゃなさそうですが」

「本人曰く『メンタルをやられた』とのことなので、それを信じるしかないだろう」

「ずーっと『居心地いい』とか言っていたくせに……つくづくわかりませんね、怪盗の気持ちは」

「急に限界が来たんだろう。こいつも人の子だということだ」

懲罰房から出た一行はしばらくすると少し離れた病棟にたどり着きました。他の棟と比べると暖かみのある造りになっていて窓も大きく陽《ひ》を入れられるような形状になっています。おそらくはメンタルをやられた囚人のため極力明るい設計にしているのでしょう。

　そして内部には病院のような消毒液などの薬品の香り。普通の病院と違うところは薬品置き場や病室に鉄格子に南京錠と厳重なロックが施されていることです。ゾンビと戦うゲームなら第二ステージみたいな場所と思っていただければわかりやすいかと……鍵の解錠にあちこち巡らされてちょっとグロ目のクリーチャーが出てきそうな雰囲気です。

　診察室の前にたどり着いた一行、そこで看守の一人が世間話を始めました。

「そういや知っているか？　今日付けで新しい医者が入ったの」

「今日？　また随分と急だな」

　訝《いぶか》しげな顔の看守たちですが深く考えないようにします。

「ここはフツーと違うし、囚人相手じゃ疲れるからな。いつ辞められてもいいように多めに雇う方針だろ……で、どんな医者だった？」

「それがよ、結構美人なんだ。ナースさんも可愛《かわい》い子揃い」

「マジ？　女医か？」

　訝しげだった看守の顔が一瞬でほころびました。

　そんな転校生が可愛い女子だと聞いた男子の如くニコニコになる看守たち。実にわかりやすいですね。

「女の人だからな、ここの囚人が変に手出ししないようしっかりお守りしないと」

「そっから始まる運命のラブストーリーってか」

軽口を言い合う看守たち。その間ザルコはずーっと虚《うつ》ろな目をしてウンザリしていました。

「女医だの、ナースだの……どうでもいい。あのロイド・ベラドンナの幻覚を見ないように精神安定剤の一つや二つもらったら、すぐあの部屋に戻りたい……」

ボソボソと呟《つぶや》くザルコ。そんな彼にまたも運命的な再会（笑）が訪れることになるとは思ってもいませんでした。

「次の方どうぞ～」

「あ、は～い」

ギィと開かれる診察室の扉。そこに座っていたのは――

「今日はどうされました？」

「この聴診器でロイド様の鼓動を聞いてみたいですわ」

「……やってみたくなる気持ちはわかる」

「そーゆーイーストサイドの変な店でやってそうなヤツやめろ」

タイトスカートのスーツの上に白衣を羽織ったマリーとナース姿のセレン、フィロ、リホがそこにいました。マリーの足を組んでメガネをクイクイするその姿はまさに女医……雑貨屋で薬を売っていて知識も豊富なため実に堂々としていますね。ぶっちゃけ彼女、清掃員として潜入したら一発で不審者扱いされるでしょう、清掃能力皆無なので。

懸念があるとしたらセレンだけなぜかコスプレ風のナース姿であることくらいですが……

「うっふっふ～ん。早く帰ってロイド様のお熱を測って差し上げたいですわ～」

本人、なんか特別扱いを受けた感じになってご満悦なので良しとしましょう。

さて、そんな勢揃いの女性陣を見てザルコの脳裏に「あの人生最悪の光景」がフラッシュバックします。

占いの結果にキレてセレンがぶん投げた水晶が運悪く頭に被弾したこと――

フィロに殴られ吹き飛んだネキサムの尻の下敷きになったこと――

マリーを人質にしたらボコボコにされたこと――

リホに展示してあった汽車をぶつけられたこと――

そんなロイドだけでない数々の悲惨な出来事が脳裏に蘇《よみがえ》ったザルコは……プッツンしました。

「ぎゃぁぁぁぁぁぁ！」

はい、診察どころの騒ぎじゃありませんよね。子猫のようにピョンと跳ねた後、ベッドの下に頭を潜らせせます。

出会って数秒で大絶叫。何がなんだかとマリーらも看守たちも困惑するしかありません。

「え？　え？　何？」

マリーが看守の方に困り顔を向けますが看守も肩をすくめます。

「どうもこの囚人はメンタルをやられているみたいで……お薬をもらいに来たのですが……」

「……この顔どっかで見たような」

ポツリと呟くフィロにセレンは倒れたイスを片づけながら「そうですか？」と聞き返します。

「すぐベッドの下に潜ったのでわかりませんでしたが気にすることではないかと……ていうか深入りすべきではないかと」

もぞもぞ足を蠢《うごめ》かせる姿を見てリホは嘆息しました。

「しっかし、いろんな奴がいるなぁ……アタシ実入りが良くても医者にはなりたくないぜ」

雑貨屋で医者みたいなことをやっているマリーは苦笑します。

「気持ちはわかるわ、イーストサイドもなかなか手強《てごわ》い患者さん多いから」

「ま、学のないアタシにはどうでもいい悩みっスね。それよりどうしたもんだか……」

看守に足を引っ張られベッドの下から引きずり出されたザルコ。子供のようにガタガタ震えてベッドの上にうずくまっていました。

どう対応すべきか困る一同。

そこに外の待合室で待っていた囚人がどうしたのかと診察室に入ってきました。

「何が起きた⁉　農家の助けが必要か⁉」

「ヌハハ！　お化けを見た少年のような叫び声だったな！」

飛び込んできたのは、なんとメルトファンとネキサム。

この二人を目にしたザルコ、さらに忌々《いまいま》しいあの日の出来事が追加でフラッシュバックします。

フンドシ姿でクワとカマを持って襲いかかる「白銀の農家」――

極めつけは濃厚尻プレスで臀部《でんぶ》を顔面に押しつけられ酸っぱい思いをしたマッチョメン――

強制アップデートで新トラウマが二種追加。処理の追いつかないザルコは……

「――ッ⁉　――ッ⁉　――ッ⁉⁉」

声にならない悲鳴を発します。マラソン中盤の苦しい時に幽霊にでも出会ったかのような呼吸困難っぷりには、現れたメルトファンたちも困惑するしかありません。

「ぬぅ？　呼吸困難か⁉　タイガー・人工呼吸の出番か⁉」

失礼、約一名相変わらずのようですね。

もう保護された子供のように看守の胸で泣いているザルコ……

「本当にメンタルなんですか？」

「昨日まで普通だったので……囚人の自己申告を信じるしか……」

メンタルってレベルか？　と思うマリーたちでしたがとりあえず精神安定剤を三日分処方して「何かあったらまた来てください」とだけ言って帰らせたのでした。

去りゆくザルコたちの背中を見送ったリホは嘆息混じりで嘆《なげ》きます。

「つっかれた。何だったんだあの囚人……いや、それよりも」

絶叫退室したザルコのことは意外な人物たちの登場ですぐに忘れ去られてしまうのでした。

「……メルトファンさんに、タイガー・ネキサム」

「先に潜入している人がいるって聞いていたけど『出会ってからのお楽しみ』なんてお母様が言ってたのはこういうことだったのね」

とんだサプライズを提供する、どんな時でもエンターテイナーなリンコにマリーは呆れるしかありません。

「マリア王女に士官学校の生徒たち、こんなところでお会いするとは」

「ヌハハ！　まさかの出会いの連続に我が輩のハムストリングが疼《うず》きますなぁ！」

「……相変わらず」

冷ややかな視線のフィロにネキサムは暑苦しい眼差しを向けてきます。

「相変わらずつれないなぁフィロ・キノンよ。我が輩を倒した武人の名が廃るゾッ！」

「はいはい、そんなことより……なんでここにいるんだお二人さんよぉ。まさかわいせつ物陳列罪でとうとう捕まったんじゃないだろうな」

「勘が鋭いなリホ・フラビンよ」

「ってホントに捕まったのかよ!?」

驚愕《きょうがく》するリホにメルトファンは淡々と反論します。

「いや、いつもならば職質で済むのだが、アルカ村長にこの監獄の潜入調査を頼まれてな、『ちょうどいい』って投獄させられた」

「職質の時点で問題ありだぜメルトファンの旦那よぉ」

逆にいつも職質されていることに二度びっくりするリホでした。

「まぁ普段の言動からして捕まってもおかしくないので人選的にはアリですが」

お前が言うなという視線がセレンに突き刺さりますがカエルの面《つら》になんとやら……です。

「ほほう、その口振りではここで起きているかもしれん悪行を頭のてっぺんから尻の中まで知っているようだな」

「……そこは知りたくもない」

「尻だけにな！　ヌハハ！　タイガー☆ダじゃーれ！」

ネキサムの発言で場の空気がいったん落ち着いたところで――冷えたとも言いますが……マリーが切り出しました。

「私たちはこの監獄で行われている凶行の証拠である『マニュアル』もしくは『設備』を発見し、早いうちにロイド君を解放することが目的です」

「我々も先の戦いで使われたカラクリ……非人道的な手段で生産されたと聞いてアルカ村長の命令を受け潜入しました。目的は同じ『マニュアル』です」

ネキサムは不満そうに漏らします。

「しかし罪状がわいせつ物陳列罪なのはいただけない。国境の村で筋肉を三日三晩見せつけただけで捕まるなんて、もはやファンタジーの領域ですなぁメルトファンの兄貴」

「フンドシ一丁でカフェを利用しただけで監獄行きには無理がある。やはりここで囚人を大量に集め何かやましいことが行われている可能性は大だ」

「おかしいよねー」と顔を見合わせながら頷き合う二人。倫理観の乏しさにマリーらはゲンナリします。

「いつか捕まるぜ……ガチで」

呆れ顔でツッコむ……いえ、純粋に心配しているリホさんでした。

「というわけで人体改造ならば医務室にヒントがあると思い『ぢ』を装ってこの病棟に来たというわけです」

「よりによって『ぢ』ですの？」

「ヌハハ！　仮病といったら『ぢ』！　業界では常識だぞベルトのお嬢さん！　すぐに治らないし陰でコソコソしていても『トイレに行っていた』でごまかせる。風邪《かぜ》とは違い発熱や咳《せき》もないので一見健康そうでも問題ない上に患部をわざわざ見せる必要もない！」

メルトファンもこの意見に同意します。

「陰の理解者が多いのも利点だ、看守も『そうか』の一言で多くは聞かずに病棟に通してくれた。外の方か中の方かだけ上手く説明できれば押し通せる仮病、それが『ぢ』だ」

汚い話を力説する二人にたまらずリホが割り込んで話題を元に戻そうとします。

「アタシたちも今日ここに来たばかりだけどよぉ……まだ本腰入れて調査していないけど医務室周辺は何もなさそうだぜ。オープンな造りになっていて人の出入りも多い、悪さをするには意外と不向きだ」

確かに陽光を取り入れ、換気などを十分に行える構造になっている上外部の人間の出入りも多い病棟はこっそり何かをするには不向きと言えるでしょう。

メルトファンはウムムと唸ります。

「あてが外れたということか。やはり監獄内をくまなく探すしかない……ところでロイド君の件ですが」

「ロイド様⁉　どこ⁉　どこにいたんですの⁉」

メルトファンに食い下がるセレンの様子を見てネキサムが笑います。

「ヌハハ！　その様子じゃやはり彼は我々の任務とは無関係だったようだな」

「……いつものミラクル」

「だと思った。アルカ村長が何も言わないハズがない。『この水晶でロイドの囚人服姿を録画してから監獄諸共灰燼《もろともかいじん》にしてこい』と言いそうなものだしな」

「目に浮かぶわぁ」

メルトファンとマリーは顔を見合わせ笑います。もうロイドの勘違いもアルカの暴走も共通認識のようですね。

　マリーは足を組み替えるとこれからのプランを話します。

「私たちはまず患者のカルテ、特に死亡者リストを洗ってみようかと思います。カラクリの素体として囚人の死体を提供しているのなら不審死が必ずあるはずです。そこから『設備』の手がかりを探ってみます」

「おそらく『マニュアル』もそこに存在するでしょうね。私も囚人側から不審死や怪しい『設備』について探ってみます」

　捜査方針が決まったメルトファン。その傍らにいるセレンは相変わらず自分の世界に浸っていました。

「そして事件を解決し全てを知ったロイド様は助けてくれたお礼に大人のお医者さんごっこを……」

「ヌハハ、監獄だろうと通常営業！　さすがセレン氏！　タイガー☆リスペクトだ！」

「タイガーさんも脱衣はどうかと思いますが曲がらない信念にリスペクトですわ！」

　変態同士、通じるものがあるんでしょうね……滅多に感情を顔に出さないフィロが眉根《まゆね》を寄せています。

「こちらも囚人という立場から色々探っていきます。幸いにもロイド君に囚人の大多数が協力的なので情報収集は容易かと」

「ロイド君の人を引きつける力……監獄でも健在ね」

「ま、女医やナース服姿で助けに乗り込んでいるうちらもロイドに引きつけられた内の一人だけどよ」

リホの自虐にマリーも「確かに」と苦笑いです。

「というわけで私たちは看守側から、メルトファンさんは囚人側から情報を集めましょう」

「ええ、また来ます」

メルトファンたちは軟膏《なんこう》をもらうと牢屋に帰っていったのでした。


同時刻、ジクロック監獄火葬場地下、カラクリ研究改造施設。

ヒーローものでよく見る悪の組織が怪人を製造するような施設……と思っていただければわかりやすいかと。

極秘の空間であり設計者も物置スペースとして作った場所を改修した施設、ここの存在を知っているのはウルグド監獄長と監獄運営の出資者しかいません。

極秘だけあって掃除をする人はおらず、そこかしこにホコリがたまっているわ蜘蛛《くも》の巣が張っているわ……蓄光魔石も切れて放置されている箇所が散見されているところも。女の子を呼んだら玄関で帰られるレベルの汚部屋状態です。

机の上に放置されている書類は光に焼けて茶色がかっていたり、インクが机に張り付いて取れなくなっていたりとこちらも散々。

　そんな机で監獄長のウルグドが何かを書いていました。書面の上段にはやや乱暴気味に「始末書」という文字が……もうすでに嫌々書かされている感が表れていますね。

　その不本意極まりないといった雰囲気は書面からだけでなく書いている本人の態度からも窺えました。

「俺は悪くない……本当にいなかったんだクソ……」

　態度どころかもう言葉で言っていますね。おそらく何かイヤなことあったら一生根に持つタイプでしょう。

　そして彼がなぜ掃除の行き届いた監獄長室でなくこの部屋で始末書を書いているのか……その理由は目の前にいる人物のせいでした。

「グチグチ言っていないで形だけでも反省を見せないと部下がズンドコ離れていくわよ」

　おどけた態度のウサギの着ぐるみ……プロフェン王国の国王で全ての元凶、イブでした。本名はエヴァ、現実世界では新興国の大統領としてかなりのやり手だった女傑です。

　リンコの予想通りこのジクロック監獄で改造人間を製造していたのは彼女だったようです……といっても実働は主にユーグ博士で彼女は管理だけをしていた模様です。

「い、イブ様」

「ここじゃスポンサー様と呼びなさいな。ポロッと普段言っちゃったら後が大変なんだから」

おどけながらも威圧的な言い方にウルグドは普段から想像できないほど従順な態度です。

「す、すいませんでしたスポンサー様！」

イブは着ぐるみの中で「んく〜」と不満げに鼻を鳴らします。

「ほら文句を言わずに書きなさい。自分のサディスティックな性格のせいで失態を犯したんだから自己責任でしょ。こんな紙切れ一枚で部下の信頼が少しでも繋《つな》ぎ止められるんだったら安いものよ」

書き途中の始末書をトントン指で叩くイブ……内容なんてどうでもいい、要は反省のポーズだと言わんばかりの態度です。ある程度書類を文字で埋めたのを見計らうと読むことなく雑にファイリングしました。

「小耳に挟んだんだけど、生意気な囚人に私刑を施そうとして、見あたらなかったから焦って脱獄だと勘違いしたわけね」

「は、はい……」

歯切れの悪いウルグド。他人の失態はとことんなじるくせに自分の失態はあまり口にしたくないタイプのようですね。

「見間違いねぇ……」

「で、でも本当にいなかったんです！　やっぱ脱獄――」

なお言い訳するウルグドにイブはピシャリと黙らせます。

「わざわざ脱獄して短時間で戻ってくる囚人がこの世に存在する？」

簡単に論破されウルグドは黙りこくるしかありません……まぁ当事者は監獄にぶち込まれた囚人である自覚すらないんですけど。

「きっと上手く身を潜めて看守が勘違いするのを狙《ねら》っていたのよ。嫌がらせよ、嫌がらせ。現にあなた始末書を書いているじゃない」

「あ、あの野郎……やっぱそういうことかよ！」

いきり立ち拳を握り締めるウルグドに対しイブは「スティ！」とたしなめます。

ウルグドは叱《しか》られた犬のようにしょげてイスに座りました。

「手は膝上～……そうそう――死んでも治らない根っからのバカは救いようがないわね」

ウルグド監獄長――実は元死刑囚であり別の監獄ではその腕っ節と恐怖で囚人をまとめていたボスでした。

囚人の考え方をよく知っているのに加え「二度と囚人に戻りたくない」という心理を利用すれば従順……他人のコンプレックスを利用するのを得意とするイブからしたら滅茶苦茶扱いやすいタイプなんでしょうね。

「スポンサー様、改造した新型カラクリの試運転をしてもいいですよね。『カラクリ看守君』を！」

イブはわざとらしくもったいつけてジラします。

「ふーむ、どうしましょうかしら。これからは軽率な行為を慎《つつし》むって約束してくれるんだったらいいけれど？」

「はい！　もちろん！」

こうやって段階的に従順にしていくんでしょうね。許可を「エサ」とするなら完全に餌付《えづ》けされている状況です。

「ただし、なぶろうとしちゃダメよ。あなたの悪い癖《くせ》なんだから。素体は死んでても問題ないんだから」

「カラクリ使って殺してもいいんですか？　やったー！」

子供のように喜ぶウルグド。

「今回は特別よ、普段頑張っている監獄長クンへのご褒美《ほうび》。信頼はこういう風に消費するもの、だから普段からしっかりためなさい」

「ありがとうございます！」

深々と頭を下げるウルグド……犬だったら舌を出し、尻尾《しっぽ》があったら大雨の時のワイパーのように左右に振っていることでしょう。

そしてやる気満々で去りゆく彼の背中を見てイブは「やれやれ」と疲れたように独《ひと》り言《ご》ちました。

「扱いやすいけどそこまで有能じゃないのが欠点なのよね……フェーズは最終局面、ユーグちゃんもいなくなって忙しいからあんなのでも重宝するけど。普段だったらとっくに切ってるわ」

なかなか身も蓋《ふた》もない発言ですね。

「ラストダンジョンを解放し、世界がてんやわんやになっているうちに私だけ元の世界に戻る……元研究員である魔王たちやアルカちゃんやリーン所長をこっちの世界に閉じ込めて……ルーン文字の技術も不老不死の存在も全て独り占め……グフフ」

悪い笑い方をした後、イブは腕を組みます。

「でも正直一人じゃキツいわね。本職の研究員じゃないから準備に手間取る。手下にやらせる囚人の改造手術も『マニュアル』なんて用意するリスクも必要になる……つくづくユーグちゃんを手放すタイミングに失敗したわ、ざんねん」

そこまで残念そうに聞こえないのは自信の表れでしょう、この計画を絶対遂行できる自信の。

「リーン所長やアルカちゃんに邪魔されなければ……ロイド君を殺せればベストだったけど今となっては望み薄ね。あと勧誘できるのはヴリトラ……イシクラ主任かしら」

次の瞬間、イブがよろめきます。立ちくらみか発作のようにフラフラしながらイスに座りこみました。

「おーっとアブねえ。『あのお方』の名前を言ってはいけなかったの忘れてた。早く元の世界に帰りたいなーっと」

緊張感のまるでないイブは誰もいない研究所で楽しそうに笑っているのでした。

一方その頃、マリーは医務室でカルテと睨めっこをしていました。

国境監獄ジクロックの病棟には看守も含め囚人の通院歴や持病などが記載されているリストや服役中の事故や死亡理由などが記載された資料がいつでも確認できるようになっております。

特に通院歴や持病などはすぐ確認できるようにしておかないと倒れた時の対応はもちろんのこと、不正に薬を受け取り売りさばき私腹を肥やしたり……と、良からぬことに使う輩がいるので。

つまり医者は看守と同じくらいに囚人の個人情報を閲覧できる立場……バレるリスクは高いですが調査するなら最前と言っていいでしょう。

しかし囚人と看守、過去の死亡例など合わせると膨大な量の資料になってしまいます……机の上に積み上げたファイルの上で資料を広げて閲覧している状況です。

そんなわけでマリーだけでなくセレンやリホ、フィロら総出で不審な点がないか洗い出しをしているのでした。

「ちょっとずつ調べる予定だったけど、まさか全部持ってきてくれるなんてなぁ」

苦笑いをするリホにつられマリーも同じ顔をします。

「看守さんたち、どうも女性慣れしてないみたいね……ちょっと借りようとしたら『俺持っていきます』『俺も持っていきます』とかなって結局全部貸してくれたし」

「なるほど、監獄のマドンナにゃ逆らえないってか」

「……ゴクサーの姫」

フィロの言葉にセレンは苦笑いです。普段は尽くす側（笑）の彼女も尽くされる側になると思うところあるんでしょうね。

「これ個人情報ですわよね……それを無期限貸し出しなんていいんでしょうか？」

「……いいんじゃない？　減るもんじゃないし」

ダベりながらパラパラ資料を眺めるセレンたちをマリーが叱責します。

「はいはい、おしゃべりしない。あの棚ずーっと空だったら不審に思われるから早めに見ちゃいましょ。薬の調合とか普通の業務もあるから頑張りましょう」

「うーぃ、ちゃんとやっているぜマリーさん。といってもこっちは特段目を引く情報はないな。怪盗ザルコってこないだ学園祭で暴れたコソドロがここに収容されているのを見たくらいだ」

さっきさんざん絶叫した彼ですね。

「私はミノキさんを見つけましたわ。アランのお父様の秘書の」

「……懐《なつ》かしい」

「レイヨウカクの事件以降、ここに収容されているそうですの。もうすぐ出所できるみたいですわ」

「へぇ……ま、大きな被害はなかったし、実質被害者だから温情もあるんだろうな」

まるで大掃除中に卒業アルバムを見つけて盛り上がっている二人にフィロも参加します。

「……こっちはアミジンを見つけた……無期懲役……ざまぁ」

「そりゃそうよね、やっていたことが国家転覆だもの」

「……備考欄に『ウルグド監獄長のお気に入り』って書いてある……怪しい」

「何か知っているかもね、メルトファン元大佐やネキサムさんに接触してもらいましょう」

続いてリホは我らがロイドを見つけてテンションが上がります。

「お、こっちはロイドを見つけたぜ。ガストン・テンって名前に二重線が引いて直されていやがる。雑だなぁ」

「どれどれ……うわホントだ。しかも強盗傷害わいせつ物陳列罪……ミラクルもここまで来たら大したものよね」

「わいせつ物陳列罪はいつか私にだけ犯してほしいですわね」

「……ピンクナースは頭もピンク？」

平常運転のセレンをスルーしてマリーは死亡者リストを閲覧し始めました。

「こっちは見る限りだとそこまで不自然じゃないわね。でも不自然じゃなさすぎて逆に不自然というか……喧嘩、病死、事故をまるでローテーションを繰り返すようにしているのが引っかかるわ」

「ちょっと前までは護送車の滑落事故が頻繁《ひんぱん》に起きているな……囚人だけが死亡して看守は生還というパターンが何度も」

「身寄りのない囚人なら深くは追及されないでしょうけど、看守は親族が追及してきそうですわよね」

まるで月末までに何人殺してくれ……そういう発注ノルマが見えてくる死亡者リスト。

「怪しいけど決定的な証拠にはなりそうもないわね……でもここで何かしている感じはプンプンするわ。ここからマニュアルや設備の場所が割り出せればいいのだけど……」

そしてリホが看守の方の通院リストを気分転換に眺めていると意外なことに気が付きました。

「おい、今ボーッと看守のカルテパラパラめくっていたんだけどさ……ここ見てくれ」

リホが指さす箇所、そこに載っているのはウルグドのカルテでした。

「監獄長の健康診断の結果でしょうね、異常なしがズラリ、健康そうじゃないですか」

リホが首を振って「ここを見てくれ」と指さします。

「いや、一か所だけおかしなところがあるんだ。雑に二重線を引いて異常なしってなっているんだけどよ」

「……心音微弱？　聴診器を当てると喘鳴《ぜんめい》とも思える異音？」

「あと過去の経歴も全くないのは異常ですわね。他の人は学歴や出身地も記載されているのに」

不思議な訂正に経歴不明の監獄長……マリーは「怪しい」と眉をひそめました。

「ウルグド監獄長周辺を探ってみようかしら。看守側から協力者が出てくれればいいんだけど」

経緯不明に心音異常を隠す監獄長。怪しむマリーは看守側から話を聞けないか模索しようと試みました。


「今日が～お前の命日だ～ロイドぉ～」

部屋でふんぞり返って上機嫌にオリジナルソングを歌っているのは監獄長ウルグド。そんな彼の後ろには不自然な体軀《たいく》の看守が二名、無言でウルグドにつき従っています。

この二名、どうやら例の改造人間「カラクリ看守」の模様です。これを使いロイドを屈服させられると思いウキウキのようですね。

ハミングしながらカラクリの襟《えり》を正す姿は人形遊びに興じる子供のようなものですが……これは兵器、人間なんて簡単に屠《ほふ》れる行きすぎたおもちゃですから笑えません。

ひとしきり堪能した後、彼はアスタキを呼び、ロイドを連れてくるよう指示を出しました。

「本当に謝罪ですか？」

先の件もあり怪訝な顔をするアスタキですが「謝罪のため」とウソをついて呼び出すよう命じます。

「もちろんだとも、俺が悪さしないよう他の看守も一緒にいてもらう」

「見慣れない看守ですが」

帽子を目深に被る改造人間の顔を覗き込もうとする彼をウルグドが制します。

「新人だよ新人！　俺を信用できないってのか⁉　早く呼んでこい！」

突き放して「ロイドを連れてこい」と怒気をはらんだ声で叫ぶウルグド。アスタキは追い出されるように部屋から出ていったのでした。

そしてしばらくして呼び出されたロイドはきょとん顔で監獄長室に現れます。

「連れてきましたが、本当に信じていいのですか？」

アスタキの不安そうな声をウルグドは一蹴します。

「うるせえ！　俺を信じろ！」

にべもない返答。アスタキは怪訝な表情を浮かべたまま退室せざるを得ませんでした。

邪魔者が帰った後、ウルグドはカラクリ兵器二体を従えロイドをにこやかに応対しました。

「ウェルカム、地獄の入り口へ」そんな悪趣味な口上が心の内から聞こえてきそうな邪悪な顔でした。

「あの、何かご用でしょうか？」

呼ばれる心当たりが全くないロイドは喜色満面のウルグドと微動だにしない手下の看守に首を傾げて尋ねます。

ウルグドは適当な言い訳をツラツラ述べ始めました。

「いやね、この間の事故、申し訳なかったと思って君を呼んだんだよ」

「あぁ、そのことか」と納得したロイドは姿勢を正すと現場で事故を目撃した人間の一人としての意見を述べました。

「まず謝るなら僕より他の人たちにだと思います。監修さんたちも戸惑っていましたし……大事故にならなかったから良かったものの、あれが頻繁に続いているんですか？」

監修もといい看守の身も案じるロイドはウルグドに話しかける流れで背後に佇《たたず》む看守に声をかけます。

しかし、その看守が普通ではないことに気が付き戸惑いながら顔を覗き込みます。

「あれ？　この人……」

ウルグドはステーキを目にした獣の如く涎《よだれ》を垂らす寸前の顔をしていました。

「そう、非常に申し訳ないことをした！　だからこのカラクリ看守で後始末をしようと思ってねぇ！」

ウルグドの声に反応したのか、突如目を赤く光らせたカラクリ看守はぎこちない動きをしながら手から刃物を出してロイドへ襲いかかりました。

「え？　なんですか⁉」

いきなり襲われ驚くしかないロイド。そして、

――ザシュ

カラクリ看守は有無を言わさず手のひらから出した刃物を彼へと突き立てました。

その光景を見てウルグドは「気分爽快」と言わんばかりに満足げに深呼吸します。

「んふぅ。いやいや、あの時しっかり始末できずにこんな形になってしまい本当に申し訳ないなぁ。少々苦痛かもしれないが君の死体はちゃんと利用し――ん？」

勝ち誇っていたウルグド。しかしロイドは襲いかかってきたカラクリ看守の凶刃を素手で止めていました。

カラクリの腕をひねる彼はウルグドに鋭い視線を向けました。

「これもしかして……ダミー人形じゃないですか？　軍事演習で使ったやつ……僕、知っていますよ」

「え？　ダミー？」

先のジオウ帝国の侵略防衛戦にて敵の切り札だったカラクリ兵器。それを軍事演習のダミー人形だとリンコに吹き込まれ無自覚の末、百体以上撃破したロイド。

そんな経緯など知らないウルグドは「なんのダミー？」と思いながら無傷のロイドを見て汗を垂らしています。

「なんで平気なんだ？　なんで血の一滴も流さないんだ？」

素手で刃を押さえているロイドに理解が追いつかないウルグドは狼狽えるしかありません。

そんなロイドはというと鋭い目つきで睨んでいます。

「ヒューマンエラーを気にして機械の力に頼ろうとする気持ちはわかりますが……ちゃんとした機械を使わないとダメですよ！　現に僕を資材か何かと思っているじゃないですか！　変な業者と契約したんですか⁉」

どうやらロイド「現場教育を放棄し機械に頼ったあげく、業者に粗悪品を掴まされた」と思い責任者であるウルグドに怒っている模様です。

「何でも最後は人間の手でチェックすべきです！　そして教育から目を逸らしちゃダメです！　僕が言うのもなんですがお金もらっているんですからちゃんとしてください！　あなたの装飾品も靴も、お客さんの財布からいただいたものだと自覚してください！」

何重にも勘違いしている上に刃物を物ともしない強靱《きょうじん》な肉体を持つロイド……ぱっと見は優男《やさおとこ》の少年にウルグドは困惑、呆然《ぼうぜん》と立ち尽くすしかありません。

「それ！」

ロイドは刃物を突き立てようとするカラクリ看守の腕をひねり上げ監獄長室の床に叩きつけました。

舞うホコリ、あらぬ方向に曲がる首、次は自分かと思うと背筋の凍るウルグド。

しかしロイドは彼を叱るだけにとどまります。

「僕を襲ったことは不問にしますが責任者としてちゃんとしてください！　業者にちゃんとリコールするんですよ！」

　あくまでお客さん目線としての意見を述べた後、プリプリ怒ったままロイドは監獄長室から出ていったのでした。

　殺されると思っていたウルグドは肩すかしをくらって拍子抜け。安堵と困惑の入り交じった声を漏らします。

「た、助かったのか？　何だったんだあいつは？」

　カラクリ看守二体を相手取れる膂力《りょりょく》……ただのやり手の詐欺師ではない、もっと恐ろしい何かを相手にしていると思いウルグドは冷や汗が止まらなくなります。

「この感覚、イブ様と対面した時以来だ……何者なんだよアイツ――」

　そこまで言ったウルグドは自分が口にした言葉に疑問を抱きました。

「ん？　イブ様が怖い……俺はいつ思ったんだ？」

　過去を思い返そうとするウルグド。

「自分が遠くの監獄にいた時ウサギの着ぐるみが急に現れて……えっと体を……」

　霧がかかっているように思い出せないウルグド。

　その時、ロイドに潰《つぶ》された二体のカラクリ看守が変な動きをしながら立ち上がります。

「お、オイ……ま、まさか⁉」

　頭部のセンサーが潰され敵と味方を区別できなくなったのでは……？

　そう思った瞬間、おどろおどろしいゾンビのような動きでカラクリ看守はウルグドに襲いかかりました。

「ちぃ！　認識ができなくなってやがる！　ロイド・ベラドンナの奴これを見越して俺を生かしたのか……止めねえと！　オイ！　クソ――」

スイッチを切ろうと必死になるウルグドですが見境のなくなったカラクリは自らの主など知ったことかと凶刃をウルグドに突き立てました。

「ぎゃあぁぁ！　あ、が……」

裂かれた傷口は血泡に塗《まみ》れ、臓腑《ぞうふ》が監獄長室にちらばる……かと思いきや、ウルグドの体は刃を突き立てられ腹を割かれても別段異常はありませんでした。

いえ、異常はありました。腹を割かれても血は一滴も出ず、代わりに染《し》み出るは奇妙な液体。

それがカラクリに使われている不凍液やオイルの類《たぐい》と理解した途端、ウルグドの脳裏にイブとの出会い、その光景が鮮明に思い出されたのでした。

監獄火葬場地下にある改造研究施設に似た施設――

絞首刑になり死んでしまったはずの自分が目にしたのは隣に横たわる同じく死刑囚だった強盗仲間――

そしてバラバラにされても感覚のある自分の体――

続いて目が合ったのはウサギの着ぐるみ。その奇妙な生き物は自分と目が合った瞬間「オーマイガー」とわざとらしくリアクションをしています。

「ちょっと、目が合っちゃったよユーグちゃん」

ユーグと呼ばれたギザ歯の少女はそんな自分を見てケタケタ笑っています。

「当たりを引いたねイブさん。たまーにいるんだ、自我を保てるタイプの素体」

「へぇ、じゃあ見かけによらずスゴい奴なの？」

「いや、こればっかりは何とも。でも飼い慣らせば精度の高いカラクリに仕上がるよ」

「期待の新人ね……おっと止めてごめんね、続けてちょうだいな」

「あいよん」

そして途切れる記憶。

「思い出しちまった」

次の瞬間ウルグドは二体のカラクリ看守の首をもぎ取りました。

「俺も同じ……カラクリだったんだ。囚人の死体の中で俺だけ自我があって……」

裂かれたお腹の中で蠢《うごめ》くグロテスクな有機体。それを無理矢理ねじ込むと何事もなかったかのように起き上がりニヤリと笑います。

「俺は特別な存在だったんだ……俺は模型なんかじゃない、ロイド・ベラドンナ」

バラバラになったカラクリ看守を蹴飛ばし鼻息荒く自分に言い聞かせています。

自分が「模型」やら「おもちゃ」と見下していたカラクリと同列……さぞ絶望の淵《ふち》に叩き込まれたかと思いきや、どうも平気そうですね。

「これは好都合だ。俺は自分をパワーアップさせるチャンスなんだ。改造技術も構造も理論も何となく理解している……あのふざけたウサギの着ぐるみ女ですら出し抜けるんだ」

イブの共犯者であり最近ではユーグの代わりに囚人を改造する作業も行っていたウルグド。マニュアルを確認して手順を踏むだけ……最初のうちはそれだけだったのですが、単純作業というものは不思議なもので何度も繰り返すうちに数値の意味や作業の意図が見えてきたりするものです。

彼の場合「もう少し楽しんでから改造できるかも」という反吐《へど》の出るサディスティックな動機だったのですが……「門前の小僧習わぬ経を読む」よろしく作業を繰り返すうちに「どこをどういじれば強化できるか」何となくわかってしまったようです。

「やってやるぞ……待っていろ……ロイド・ベラドンナ……イブ」

そしてしばしの間、ウルグドは姿を消してしまいます。再びロイドと相まみえる頃には自らを改造し行き着くところまで行ってしまった彼が現れるのですが、それはもう少し先のお話。

さて、出ていったロイドはというとプリプリ怒ったままA棟監獄へと戻ろうとします。

「ん？　来たかロイド・ベラドンナ」

囚人移送のため待っていたベテラン看守のアスタキは、彼が無事なのを確認し内心ほっとしました。

しかし、何やら憤っている彼を見て「何かされたのでは」と気になりこっそり尋ねます。

「ずいぶん怒っているが、何かされたのか？」

ウルグドが少年愛をこじらせたのかと不安になるアスタキにロイドは起きたことをそのまま伝えます。

「監修さんの人手って足りないんですか？」

「ぬ？　まぁどこもかしこも人手は足りないが」

「事故の件を謝ってくれたのはいいんですが、『こうならぬよう』と変な機械人形に仕事を任せるとか言いだして……」

「人形？　確かに妙な看守の新人が後ろに佇んでいたのは見覚えあるが」

あれが人形だとしたらとんでもない代物だぞ。そう考えるアスタキにロイドが人形に襲われたことを報告します。

「その人形、粗悪品を掴まされたのかナイフで襲ってきまして」

「襲ってきた⁉　ナイフで⁉」

もはや何がなんだかわからないアスタキ。襲われたことを淡々と語るロイドに苦労人は困り顔です。

「資材と間違えたんでしょうかね……もともと軍事演習用のダミー人形を流用したからでしょうが。あんな危ないのに現場を監修させたら、また事故を起こしちゃいますよ」

「ま、待ってくれ……ちょっと頭を整理する……」

矢継ぎ早に新情報を伝えてくれるロイドを手で制し、額《ひたい》を指で押さえながら唸るアスタキ。

「呼び出されたら変な人形に襲われたという認識で合っているか？」

「はい、概《おおむ》ね」

これじゃまるでウルグドがその人形を使ってロイドを殺そうとしたとしか考えられない……やはりこの子は調査しに来た何者かでそれをそれとなく自分に伝えてくれているのでは？　そう思いだしたアスタキはそれとなく鎌をかけてみます。

「やたら高価な宝石を身に着けている人間が管理している……君はこの監獄をどう思っているかな？」

「お給料いいのかなと……ん？　え？　ここって監獄だったんですか？」

「え？」

「え？」

まさかのリアクションに双方目を丸くします。

「え？　僕は自己啓発セミナーの合宿……精神修養の修行場だと思ってここに来たんですけど」

どちらかというと啓発しすぎてダメな方向に振りきった政治犯もウジャウジャいる監獄なんですがね。

ロイドは驚きながらさらに疑問を投げかけます。

「も、もしかしてセミナー主催者って悪徳業者だったんですか？　合宿と称して監獄に……どうりで妙な部分が多いと思った！　巧妙な罠《わな》ですね！」

戸惑うアスタキ。色々似通った部分は多いのも事実ですが、何一つ巧妙ではないんですがね。

「いや、よくわからんが……自己啓発セミナーの件《くだ》りから」

「もしかして、あのウルグドって人が主犯⁉　そうかそれで私腹を肥やして……妙に宝石とか高価そうな靴とかを身に着けていたと思ったら。ガストンさん騙《だま》されていたんだ」

なにやら勘違いに勘違いを重ねているロイドを見てアスタキは色々な意味で「この子何者なんだ」と首をひねります。

さて、そこに調査目的で潜入しているメルトファンとネキサムが近寄ってきました。

監獄に不審な点はないか囚人側から情報収集していた二人。「肉体美を見せればどんな囚人だって腹を割って話してくれる！　なんせこちらはすでに腹が割れているからな！　ヌハハ」と腹筋を叩いて豪語するネキサムでしたが、なかなか進展がなく途方に暮れていたご様子。

そこにロイドと壮年の古株っぽい看守アスタキ……他の看守たちの接し方から察するにウルグド監獄長より慕われ信用されているであろう人物。

奇妙な組み合わせに何か聞けるかとメルトファンが声をかけました。

「どうしたんだいロイド君、それに看守さん」

「ヌハハ、何かあったのなら相談に乗りますぞ！」

質問する二人にロイドが仰天の顔で聞き返します。

「看守さん⁉　ってことは知っていたんですか⁉　ここが監獄だったって⁉」

「ま、まぁそりゃ……」

ボーダーの囚人服に鉄格子の部屋、あまりにも「いまさら」すぎるリアクションにタジタジの二人。

ロイドはさらに言葉を続けます。

「あとこっちも知っていたんですか⁉　ここの責任者が悪徳業者さんだったなんて⁉」

「え？　悪徳？」

次に出てきた「悪徳業者」の謎ワードに首をひねるメルトファンたち。何が起きているのかわからず自然とアスタキの方を見やりました。

「悪徳って……ウルグド監獄長の件ですか？」

「お、おそらく。実はな――」

彼も誰かに聞いてもらいたかったのでしょう。アスタキは周囲を見回し、聞き耳を立てている人間がいないことを確認してからメルトファンとネキサムに事情を説明しました。

「――と、いうわけだ」

なぜ囚人に対してこんな話をしてしまったのか、自分でも疑問に思っているアスタキ。そのことを正直に口にします。

「お前たち囚人に相談すべきことじゃないんだがね……彼と君たちはどこか普通の囚人と違う気がしてね」

アスタキの言葉にネキサムがマッチョスマイルをロイドの方に向けました。

「特に彼ですな」

「うん、彼」

明らかに普通の犯罪者とは違うどころかついさっきここを監獄と知った、いわば「謎の存在」。そして立て続けに起こる「奇妙な出来事」。

あと一番なのは「この子が監獄を調査しに来た人物であってほしい、じゃなきゃ訳がわからん」といった半ば願望でもあったのでしょうね。

メルトファンもまた「この人物は信頼できる」と察したのか自分の素性を打ち明けました。

「お察しの通りです……我々はこの監獄の裏で起きている事件を探るべくアザミ王国から派遣された調査員です」

「あぁ、よかった。じゃあ彼も調査員ということだね。そして筋肉の彼はわいせつ物陳列罪に説得力を持たせるためちょくちょく脱いでいるんだ、納得いったよ」

安堵するアスタキ、しかしメルトファンは申し訳なさそうに首を横に振りました。

「いえ、ロイド君は違うかもしれません」

「どういうこと!?」

「そして脱衣はネキサムの素です」

「そっちもどういうこと!?」

どっちも説明が難しくメルトファンは頬を掻《か》きます。ロイドもネキサムも天然……言葉で説明するのは難しいものです。

「ヌハハ……そこそこ深い事情がありましてなぁ」

込み入った話になる、ここでずーっと話してよいものか悩むネキサムにアスタキが提案します。

「ここじゃアレだ。どこか別の場所で詳しく聞きたいものだ」

内部のまともな人間を引き込めそうだと、メルトファンはマリーたちに引き合わせようと提案します。

「では後で医務室に向かいませんか？　新任の医者は私の仲間です」

「他にも……まさかマリーさんですか？　アザミの陰の救世主」

マリーのことをこの期に及んでも絶対王女とは信じてくれないロイドにメルトファンは一周回って感心しています。

その傍らで苦労顔のアスタキは頭を掻きました。

「どうりで急に女医が赴任したわけだ……しかし、アザミ王国が本腰を入れるとなると大事なのか？」

「ええ、人道に反することをしている可能性は高いですね」

「やれやれ、大人しく定年退職したいのだが……ところで」

「何でしょうか？」

「じゃあ彼、調査員じゃなかったら、いったい何者なんだ？」

難しい質問にメルトファンは苦笑いするしかありませんでした。

「仲間ではありますが……この件に関しては予測不能のヒーローです……」

まぁそう言うしかないでしょうね、今回に関してはゲームでたとえるなら命令できないスポット参戦の強キャラみたいなものですから。

さて、そこにミノキが心配そうに近寄ってきました。

「大丈夫でしたかロイド君、監獄長に呼び出されてみんな心配していたんですよ」

ミノキにロイドが逆に質問しました。

「み、ミノキさんも知っていたんですか？　ここが監獄だって⁉」

「え、えぇまぁ……知っていたというか……」

その質問とこの場にいる古株の看守と屈強なロイドの知り合い二名……ミノキは直感しました。「ロイド君はともかく、この人たちはウルグドの何かを探りにきたのだ」と。

ミノキの脳裏に浮かんだのはウルグドの怪しい行動の数々。しかし、もしヤツに目をつけられてしまったら……あと少しで出所できるのに変なことに首を突っ込んでいいものか……

葛藤《かっとう》するミノキは額に浮かび上がった汗を拭《ぬぐ》うと「無事ならよかった」と短く返し、そそくさと離れていったのでした。

ネキサムが挙動不審な彼を気にかけます。

「メルトファンの兄貴、あの御仁は」

「うむ、私の教え子、地方貴族アランの実家で秘書をやっていた方だな。件《くだん》のジオウ関係に惑わされトレントに寄生された被害者だ。彼もミコナと同じくトレントの能力を扱えると聞く」

アルカからある程度の情報を聞いていたメルトファンは彼に理解を示しました。

「あの様子じゃ何か知っているようでしたが」

「大方、もう少しで出所できるので関わりたくはないのだろう。心情はわかる」

味方になってもらえれば心強いが無理強《じ》いはできない……ミノキに背を向け医務室の方へと足を運ぶのでした。

そして場面は医務室。マリーたちは通常業務の傍ら精査に勤しんでいました……が、成果は芳しくない模様です。

「うーん、見つからねえ。怪しいのはあるけど決定的な何かがない」

「カジアス中将やヒドラの時もそうだったけど、ジオウ帝国……裏にいるプロフェン王国はこういう尻尾を出させないのは上手いわね」

一周回って感心するマリー。

そこに、どこかに行っていたフィロが医務室に戻ります。

「おかえり、どうだったフィロちゃん？」

フィロはほんのりしかめっ面《つら》で首を横に振りました。

「……監獄長のことを聞こうとしても……『じゃあ今度食事しよう』とか言われて」

ウルグドのことを聞いて回ろうとしたら「逆ナン」と思われたのでしょうね。全く成果が得られず逆に言い寄られご立腹のフィロさんでした。

「ご愁傷様《しゅうしょうさま》ですわ」

「……殴りそうになった」

暴力はいけません。フィロもロイドのためと拳を収めたのでしょう。

「こっちも資料を殴りそうになるぜ、設備の手がかりでもありゃいいんだけどよぉ」

フィロだけでなく女性陣全員、もうすでに結構なイライラが募っているようです。

「誤算だったわね、女医ならすぐにマニュアルを見つけてロイド君と帰れると思ったのに」

「……このままずっとここで働くのはイヤ」

「ホントですわ、このナース服はロイド様のために着ているというのにジロジロ見てきて」

「病人より冷やかしの方が多いのが苦痛だな。やっぱ医者はアタシには向かないな」

どうやら囚人間で「美人女医」の噂が広がり冷やかしに来る連中が増えたようです。それを咎《とが》める側の看守も鼻の下を伸ばしているようで……どっちもどっちですね。

そんな空気の悪い中、診察室の扉がノックされます。

「はーい、冷やかしなら帰ってくださらない？　とりあえず鎮痛剤でも飲んでくださいな」

ご無体なセレンの対応。

しかしそこに現れたのは冷やかしではなくメルトファンとネキサム、看守のアスタキ、そしてロイドでした。

「え、あ……ごめんなさい、お取り込み中でした？」

ロイドの登場。セレンは即、目をハートにして彼の胸にダイブしようとします。

「ロイド様あぁぁぁぁ！　今の発言は訂正しますわぁぁ――ギャフン！」

が、間一髪のところでフィロに足首を摑まれ床に叩きつけられてしまいました。

「……またツマらぬ者を叩きつけてしまった」

「お前は鎮静剤でも飲め……しかしこれまた妙な組み合わせだな」

奇妙と言われてもなんのその、ネキサムは囚人服が張り裂けそうなくらいのポージングを見せつけます。

「その様子じゃ難航しているようだなセレン・ヘムアエンよ」

「ヌハハ、冷やかしではない！　我が輩の尻はいっつもホットだ！」

「というわけで協力者だ」

メルトファンの紹介に恭《うやうや》しく一礼するベテラン看守アスタキ。しかし状況がよく理解できておらずまずは説明を求めました。

「看守をやっているアスタキと申します。いきなりですまないが、まずウルグド監獄長がここで何をしているのか教えてほしい」

「えーっと、それはですね――」

代表してマリーが自分たちの素性も含め全てを説明し始めます。彼女の口から語られるのはまさかの連続や数々の突飛な逸話……果ては「改造人間」という強烈なワードにベテラン看守は胃もたれになりかけます。

普段なら冗談と笑ってスルーするような内容なのですが、この監獄で起きている奇妙な出来事とマリーの話に合点のいくことが多く彼は難しい顔をしながらも納得するのでした。

一方でロイドもその話を聞いて憤慨します。

「大事件じゃないですか！　自己啓発セミナー合宿と偽ってお金を徴収して監獄で改造人間なんて！」

あ、悪徳業者とセミナー講習の件は勘違いしたままなんですね。

「というわけで看守さん、私たちは強制捜査の証拠が欲しいの。改造している場所なんてあったらすぐにでもアザミ軍を動かして乗り込むんだけど」

マリーの要求。しかしアスタキは申し訳なさそうにしました。

「すみません、ちょっと心当たりが……ウルグドは、あの男は秘密主義、その上横暴ですので看守は私を含めて誰も深入りしようとはしないのですよ」

「監獄の王様気取り。聞けば聞くほどヤバい男ですわね」

オメーも大概ヤバい奴だぞ……という視線を送るリホ。

そんな空気の中フィロが切り込みます。

「……看守にはいなくても囚人にはいるはず……アミジンとかいう男が積極的に媚びを売っていると聞いたけど」

「なるほど、囚人側から改造人間に関与しているかもな」

「……大いにあり得る、あのクソヤローなら」

アミジンのせいで両親と離ればなれになってしまった過去のあるフィロ、アミジンを疑ってかかります。まぁ当然ですよね。

そこでネキサムが腹筋を強調しながら自分の仕入れた情報を提供します。

「ヌハハ、そのアミジンだがどうも懲罰房によく出向くそうだ」

「懲罰房？　なんでですか？」

ロイドの問いにネキサムはウムムと唸ります。

「魅力的な肉体の持ち主がいるなら足繁《あししげ》く通うのはやぶさかではないが……そうではなさそうだな」

当たり前です……と言いたいところですがシンパシーを感じる者が一人。

「そりゃそうでしょう、ロイド様がいるとしたらわからなくもないですわ」

セレンでした、変態ってどこかしら似通う性質があるんですね。

そんな二人はスルーして、古株であるアスタキは「もしかしたら」と口にします。

「あいつ、看守に袖《そで》の下を渡してまでザルコに会っているとかいう噂もあった……怪盗も一緒に何か企《たくら》んでいるのか？」

「ザルコって、あの怪盗ザルコかよ。アミジンとザルコ……仲がいいのか？　性格が合いそうもないけど」

リホの言葉に「そうでもないらしい」と看守が補足します。

「手作りのチェスを作ってそれで遊んでいると聞く。まぁそれだけじゃないだろうな」

「……ウルグドはアミジンとザルコの手を借りている？　……アミジン、あの悪党め」

指をポキポキ鳴らすフィロにマリーは待ったをかけます。

「断言はできないわフィロちゃん。アミジンは最近ヘマしたそうだから粛正される前に脱獄の相談を持ちかけているのかも」

フィロは「なおさら」と眉間《みけん》にしわを寄せました。

「……脱獄するならなおさら……ウルグドと一緒に悪事を働いていたら足を折る……脱獄しようとしていても足を折る……その上で情報を吐かせる……とにかく折る」

「ヌハハ、なにやら因縁めいたものを感じるが度の過ぎた殺意は拳のキレを鈍らせ、ここ一番で勝機を逃すぞフィロ・キノンよ」

　忘れがちですがネキサムは拳法のプロ……フィロは素直に拳を収めます。

「……私としたことが……サンキューネキサム」

　二人の会話が終わるとアスタキが切り出します。

「ザルコに会うとしたらアイツはいつも午後が自由時間だ」

「ちょうどいいわ、今朝診療所に来たザルコに往診しに行くという名目で懲罰房に行きましょう。いいかしら看守さん」

「ええ、手配します……ザルコが何か企んだ上で取り乱した振りをしているなら止めなければなりません」

　トラウマスイッチが入ってただテンパっているだけなのですがね。

「メルトファンさんとネキサムさんは引き続き囚人として情報収集をお願いします」

「任されました。お気を付けください」

　神妙に頷くメルトファン。そしてロイドが協力を申し出ます。

「あの、僕も微力ながらお手伝いさせてください！　悪徳業者と手を組んだウルグドさんをやっつけましょう！」

　この言葉にさっきのイライラはどこへやら、女性陣は満面の笑みでやる気になるのでした。

「さぁ光明が見えてきたわ！　午後まで資料チェックしながら通常業務を頑張るわよ」

「「「はーい」」」

進展しそうになり元気を取り戻すマリーたちを見てメルトファンは「さすがロイド君」と評価を上げたとか上げないとか。


そんなことなど知る由もないアミジンは今日も懲罰房へと足を運んでいました。もう二度と来るはずのないこの場所にまた来てしまった、脱獄を失敗したんだと再認識させられ自然と苦い顔をしています。

「また来たのか？　懲りないな」

いつもだったら含み笑いでも浮かべ賄賂を渡すのですが、アミジンはついつい素っ気ない態度になってしまいます。

「なんだ虫の居所でも悪いのか？　昨日は夜通しトランプをするとか言っていたが大方ボロ負けでもしたんだろ」

確かに脱獄という賭《か》けに負けたアミジン、さながら負けた分を取り戻しに次のレースにも大金を突っ込む博徒の心境だと自嘲気味に笑います。

「大負けですが、次勝てばチャラですよ」

「そうか……わかっていると思うが手短にな」

「……………善処します」

ポツリとそう漏らしてからアミジンは気合いを入れ直しました。

「ザルコは何度口説いても首を縦に振らない……だがもう猶予《ゆうよ》がない、ウルグドも何しでかすかわかったもんじゃねぇ……怪盗の力が必要なんだ」

絶対に首を縦に振らせる。そう意気込んでザルコの懲罰房に足を踏み入れた彼の目に飛び込んできたのは……

「脱獄か⁉　喜んで‼」

逃げる気満々、昨日と態度を一変させたザルコさんでした。

「ええ……」

こちらは肩すかしを食らい困惑するアミジンさん。自分にとって都合のいい展開でも、こんなに態度を急に変えられると逆に怖くなりますよね。

「お、おい……今までと態度がガラリと変わっているじゃねーか。あんなに余裕綽々《よゆうしゃくしゃく》だったアンタはどこへ行ったんだよ？」

ザルコはその問いに答えることなく一方的にまくし立てます。

「アミジンさん、ここはあっしのサンクチュアリじゃなかったんですわ！　ヘル、地獄！　たとえるなら監獄です！」

「たとえるも何もまごうことなく監獄だろ」

思わずツッコみに徹してしまうアミジン、様子のおかしすぎるザルコを質《ただ》すような目で尋ねます。

「心変わりした訳を教えてくれ、でないと嬉しいけど素直に喜べないぜ」

「幻覚じゃなかったんでさぁ！　悪魔共がここに！　そして栗毛のデーモン！　ロイド・ベラドンなぁぁぁぁうわぁぁぁぁ！」

もはや名前を言ってはイケないあのお方状態のロイド。そして色々察してしまったアミジン、一転して同情の眼差しを彼に向けます。

「合点がいったぜ……いきまくったぜ。お前さんの言うヤバい奴はロイドのことか」

「知っているんすかアミジンさんっ⁉」

「知っているも何もソイツだよ、俺の計画を邪魔してここにぶち込んだのは。まさか怪盗ザルコもお縄にしていたなんてな……」

思わぬ共通点にザルコはシンパシーを感じたようです。

「へ、へへへ……まさかですねぇお互いに。だから脱獄したかったと、最初から言ってくださいよぉ」

「いや、奴が来たのは最近――」

「言ってくれてたら俺の全てを駆使して脱獄を計画したっていうのに！　まったくもうでさぁ！　ここから逃げた後しっかり俺の身の安全を保障するって言っていましたよね！　それ

を信じて待っていたんですから！」

未《いま》だ絶賛取り乱し中のザルコ……アミジンは「まぁ協力的だしいいか」と放置することに決めたようです。

「で、すぐにでも逃げ出したいんだが。大丈夫なのか？」

「正直、逃げるのは一人が一番なんですがね……相手があの栗毛の悪魔なら話は変わります、見つかったらバラケて誰かを犠牲にしましょう。そのためには数を――」

アミジンはそれをやんわり断りました。

「すまない、仲間を犠牲にするのは勘弁してくれ」

ザルコはさも心外そうにします。

「アミジンさんらしくないですね、一人ぐらい切り捨てても気にしなさそうなものなのに」

「俺は一回部下を犠牲にしてあのロイドに勝とうとして失敗した……今いるのはそんな無様な俺についてきてくれている連中なんだ……あいつらがいないと俺は裸の王様だ」

「一匹狼《いっぴきおおかみ》のあっしには理解できませんが……一人も犠牲にしたくないっていう依頼、善処しますよ。その代わり報酬は弾んでくだせぇ」

そんな悪人同士が脱獄の密約を交わしている時でした。

カンッ……カンッ……と鉄の扉をノックをする音が聞こえてきます。だいたいいつもなら看守が不躾《ぶしつけ》に「オイ」だの何だの言ってくるのに……と、懲罰房では不釣り合いなノックに二人は顔を見合わせました。

「なんだ？」

「看守じゃなさそうですねぇ」

続いて聞こえてくるは脳天気な女子の声でした。

「ねぇセレンちゃん、ノックは必要ないんじゃない？」

「あら、マナーだと思いまして……育ちの良さが出てしまいましたわね」

「……セレンがマナーを語るのは釈然としない」

「覗きの常習犯だもんなぁ……ほら、入るぜ」

聞き覚えのある声にアミジンとザルコは戦慄《せんりつ》しました。

「こ、この声はサーデンのガキ⁉」

「こ、この声はあの栄軍祭の時の⁉」

怖さで自然と身を寄せ合う二人、極寒の雪山で遭難した人のように自然と……です。

そこにベテラン看守を先頭に懲罰房にマリーたちが入ってきました。

「入るぞザルコ。アミジンもいる――え？」

彼らの目に飛び込んできたのは抱き合う二人。リホは情事と勘違いし思わず赤面しました。

「え？　ちょ⁉」

意外に平然としているのはセレンとマリーです。

「あら、お邪魔でしたか？」

「頻繁に通っているってそっち方面だったの？」

そして、どんな時でもアミジンに対して敵意むき出しなのはフィロ。

「……イヤなもの見せるな、ひねり潰すぞ」

物騒ですが大目に見てあげてください。

「いやぁぁぁ！」

トラウマスイッチのキーマンが大量に現れ、ザルコは高い悲鳴を上げました、このタイミングでよりにもよってな声です。

一方、自分よりテンパっている人間を見て冷静になったアミジンはたまらずツッコみます。

「おいザルコ！　その叫び方じゃ何か変なことしていたみたいじゃないか！　言っとくが違うぞ！　そういうのじゃない！」

弁明するアミジンに看守のアスタキが半眼を向けます。

「じゃあ何していたんだ？」

「……」

もっともな質問にアミジンは何も言えませんでした。そりゃ本来いちゃいけない場所で脱獄の計画を企《くわだ》てていたなんて言えるはずありませんよね。

そんなわけで「あ、肉体関係なんだ」という空気が女子の間で漂いだします。

「まさかそっち方面の逢瀬《おうせ》だったなんて、あてが外れたわね」

「この様子じゃウルグドとは関係ないかもな」

「あ、別に続けてくださっても構いませんわよ。愛の伝道師として止めはしません」

「……使えない男だ……やっぱ潰そう」

いきなり入ってきて辛辣《しんらつ》な言葉や誤解の数々にアミジンは言い返します。

「何しに来たんだお前ら！　悪口を言いに来たのか⁉　泣いている奴もいるんだぞ！」

トラウマスイッチの入ったザルコは生まれたての子鹿も引くほどプルプルしちゃっていました。

「お前の方こそ懲罰房に何しに来た、B棟のアミジン・オキソ」

「……」

アスタキの正論にやっぱり何も言えないアミジンさん……無言を返すしかありません。

マリーが本題に入ろうとします。

「私たちは今朝診察を受けたザルコさんの容態を見に来た……という名目で来たの。貴方《あなた》にも用があるのよ、名俳優のアミジンさん」

「ただ事じゃなさそうな雰囲気だな」

頭を掻くアミジンにアスタキが尋ねます。

「単刀直入に聞こう、ウルグド監獄長がこの監獄で行っていることに関与しているか？　だとしたら包み隠さず話してもらいたい」

ようやく状況をのみ込めたアミジンは落ち着きを取り戻しました。

「あぁ、なるほど。ウルグドの一味って思われているんだな」

「……隠し事をしたら殺す」

ザシュ！　と手刀から斬撃を飛ばして脅すフィロ。

「おうおう、ロクジョウの王族ともあろうお方が物騒な」

アミジンは修羅場を潜《くぐ》ってきただけあってまだ余裕がありますが……

「ぎゃぁぁぁ！　すいません！　勘弁してください！　男の尻だけは！」

ザルコはもうテンパり這い蹲って服従のポーズ……いえ、もうヨガのポーズレベルの這い蹲りっぷりでした。ヨガマットが下に敷いてあったらストレッチとしか思えないほどの姿勢です。

「フィロ、おめーザルコに何したんだ？　えらい怯《おび》えっぷりの上『男の尻』とか言ってるぞ？」

「……記憶にございません……本当に」

たまたまネキサムを吹っ飛ばした先にザルコがいて尻の下敷きになったなんて知る由もないでしょうね。

「でも、この怯えよう……ロイド様を連れてこなくて正解でしたわね」

「そうね、ショック死されても困るし。さてと……」

マリーは補足を交えて再度アミジンとザルコに尋ねてきました。

「私たちはね、ウルグドが囚人を使って人体実験をしているその証拠を掴みに来たのよ。知っていることは力ずくでも吐かせるつもり――」

半ば脅し。しかしマリーの言葉の途中にもかかわらずアミジンは驚嘆の声を上げます。

「人体実験だぁ⁉　あの野郎、そんなことしていやがったのか⁉」

「知らなかったんですの？」

驚きが勝ったのでしょう、セレンの問いにアミジンは素直に答えます。

「あぁ、妙に羽振りが良くて囚人も定期的にどっかに移送されたりいなくなったりで、俺はてっきり人身売買でもしているのかと思っていたよ。しかし予想の上をいったな……」

「もしかして何も知らなかったのか？」

アスタキの問いにアミジンはニヒルな笑みを浮かべます。

「ウルグド監獄長が用心深いのはアンタら看守が一番わかっているだろ？　いの一番に気が付かなきゃいけないアンタらがわからなきゃ俺なんてわかるわけがない」

「……」

今度はアスタキが無言を返す番でした。

その流れでアミジンはあっさり脱獄計画を告白しました。

「だから脱獄しようとしていたのさ。あの男は用済みとなったら笑って人間を消すタイプだ、命あっての物種なんでね」

アミジンは非はそっちにあることにして脱獄を不問にしようとしているのでしょうね。

「そうだ、俺のサンクチュアリだったのに！　あのロイド・ベラドンナが来て……ここも安全じゃなくなった！　また体を粉々にされてたまるか！　この脱獄は正当防衛！　正当脱獄だ！」

珍妙なパワーワードを放り込んでくるザルコ。

あての外れたリホたちは困ってしまいました。

「まいったな……ウルグドの何かを知っているかと思ったけど振りだしに戻っちまった」

「このままずーっと調査なんてしていたら被害が増えてしまいますしロイド様も帰れませんわ」

「……使えない中年だ」

「ちょっとひどくねぇか？」

言いたい放題のフィロたち……そんな時でした、マリーが何か思いついたようです。

「脱獄……脱獄！　なるほど！」

「ど、どうしたマリーさん⁉」

「思いついたのよ、プランBってやつを！」

「「「プランB？」」」

驚くリホたちに「大丈夫」と力強く頷くとマリーはまずアスタキに向き直ります。

「用心深いと言われているウルグド監獄長のこと、このままじゃ不穏な空気を感じ取って証拠を隠滅するでしょう……今、彼と黒幕の凶行を止めないと被害は増えてしまうわ」

「ええ、今ウルグド監獄長を止めないとなりませんね」

同意するセレンにマリーは頷きます。

「しかし決定的な証拠は見つからず現場も見あたらない、アザミ王国が強制捜査に踏み切るにはリスクが大きすぎる……」

「中立である国境警備、そして国境監獄……強引《ごういん》に調べて何も見つけられなかった場合、アザミに科せられる外交的ペナルティは大きい……ってことか？」

「黒幕はアザミ王国が動けない間もっとやりたい放題……それはまずいでしょうね」

そこでマリーは悪い顔をしました。

「でも、アザミ王国やロクジョウ王国が大手を振って強制捜査に踏み切れる場合があるわ」

「そんなことができるのですか？　よほどのことが起きない限り難しいかと」

アスタキのもっともな意見。しかしイブの凶行を止めたい&早くロイドを連れ帰りたいマリー、ここで大胆な作戦を提案します。

「たとえば、この監獄にいる囚人全員が脱獄した……そうなったらいかがでしょうか」

あまりにも突飛な提案にアスタキもアミジンらも、身内のリホたちですら度肝を抜かれた顔をしました。

「アミジンさんやザルコさん、政治犯や怪盗を含めた凶悪犯を大量に逃がしてしまいました～となったらさすがに各国が調査できるでしょ。管理責任をウルグドに問うこともできるし」

その提案にアスタキは泡を食った顔をします。

「で、ですが大量脱獄って……」

ここでマリーはザルコの方に向き直りました。

「できるわよね、かの有名な怪盗ザルコさん。貴方の手腕で」

「できます、やります、だから許してください」

すっかり服従状態のザルコ。

そして簡単に脱獄できると言われアスタキが困った顔をしました。

「手前味噌《てまえみそ》になるが、このジクロック監獄は深い渓谷と高い塀、そして厳しい山々に囲まれている。簡単に逃げ出せるような場所じゃない、特に集団脱獄なんて……」

ザルコはその疑問にプロの顔で答えます。

「たしかに荒唐無稽かもしれませんがね、集団脱獄にちょうどいいタイミングがあるじゃないですか」

「一看守として興味があるな」

さっきまでヘタレていたザルコから漂う職人気質。困難な仕事にこそ美学を感じる彼は実に生き生きとして語ります。

「街道の整備中ですよ。刑務作業で唯一外に出るタイミングでさぁ」

「白昼堂々、しかも一番看守が警戒している作業中に逃げ出すのか？　しかもちょっとでも道を外れたらモンスターに襲われてしまうこともあるのに」

ザルコはニヤリと笑いました。

「まさかこのタイミングで?　ちょっとでもそう思わせている時点で勝算はありますよ」

「うぐ……」

「集団脱獄する場合『脱獄じゃないかも』と少しでも思わせて時間を稼ぐのがキモなんですよ。しかも不自然な滑落事故も多いと聞く……ほとんどの看守はまず脱獄よりも事故を先に考えるんじゃないですか?」

クックッと笑うザルコを見てアミジンは感心しました。

「さすが怪盗だな」

「さらに何人か看守側の協力があるなら容易でしょうね。事故のせいで自然発生した脱獄という名目にすれば責任の所在は現場の人間より何度も事故があったのにスルーしていたウルグド監獄長に向けられますよ。悪い話じゃないと思いますがね」

看守側が協力するメリットに加え後始末まで考えているザルコにベテラン看守はぐうの音も出ませんでした。

マリーは「そのアイデアいただき」と指をパチンと鳴らしました。

「それ採用!　A棟の囚人はロイド君が牛耳っているらしいしB棟の方は——」

アミジンの方を見やるマリー。次の瞬間、素早くフィロが手刀を構えアミジンの首元にヒタりとくっつけます。

「……手伝え、さもなくば掻っ切る」

「拒否権ないのはわかったから！　その物騒な構えを解いてくれ！」

フィロが離すとアミジンは首元を押さえながら交渉を始めます。

「で、逃げた後は自由なのか？」

「いえ、別の監獄に行ってもらうわ。ただ協力のお礼として減刑してもらうようかけ合うつもりよ」

マリーのこの提案にアミジンではなくフィロの方が不服そうにします。

「……仕方ない、それでオケー……ただ逃げたら殺す」

「俺の代わりに答えるんじゃねえ！　……まぁその条件のむしか道はないいんだろ？」

とんだ脱獄になっちまったとアミジンは首元を掻きながら苦笑しました。

「街道整備は明後日《あさって》だ……時間がないが実行するのか？」

「こういうのはグダグダやったら良くない。もう頭の中にはプランができているんでね……頼りにしているぜ看守さん」

「囚人を逃がすのは初めてだからな……まぁ善処するよ」

急遽《きゅうきょ》決まった集団大脱獄のプラン。

その計画の裏でウルグドもまた反撃の機会を窺っているなどここにいる全員は知る由もな

かったのでした。

第三章

たとえば避難訓練のような段取りの組まれた集団脱獄

集団脱獄に向けての計画は実に「スムーズ」の一言でした。

まず囚人《しゅうじん》にはロイドが率先して脱獄を呼びかけました。

「ウルグド監獄長が悪徳業者とつるんで悪いことをしています。このままじゃ僕たち改造人間にされてしまいます！」

悪徳業者に改造人間という荒唐無稽なワードが飛び出し、普段ならば一笑に付すような提案ですが、信頼度が限界突破しているロイドの呼びかけですから……

「なんてこった」「あの野郎、おかしいと思った」「改造なんて冗談じゃねえ」

はい、こんな感じで囚人たちは何の疑いもなく受け入れるのでした。B棟の囚人たちも同じようにロイドの呼びかけで半日とかからず脱獄計画は伝わりました。ロイドのことを信じていない訝《いぶか》しがる囚人も中にはいましたがアミジンのひと睨《にら》みで万事解決です。

次に看守。囚人の集団脱獄に対し見て見ぬ振りをするというアスタキの提案に面食らう人間が大半でしたが……ウルグドの日頃《ひごろ》の行い——大量の囚人の入れ替えや奇妙な事故の数々、何よりあの男の尊大さに不信感を募らせていた看守たちは「アスタキさんを信じます」と男気を見せ協力を約束しました。

「そうか、ありがとう……みんな」

声掛けした数人だけでなく大多数の看守が脱獄に協力してくれてホロリ涙を見せるアスタキ……ちなみにマリーたち女性陣とお近づきになりたいという下心もあるのは知らない方がいいでしょうね。

こんな感じで看守公認の集団脱走、しかもあの怪盗ザルコが脱獄の手引きをしてくれるとあって、脱獄という行為に渋っていた囚人たちも「乗るしかない、このビッグウェーブに」と脱獄に参加しはじめ、気が付けば全体の八割もの囚人が脱走に参加することになったのでした。

そして運命の脱獄の日の朝を迎えます。

ワイワイ、ガヤガヤ――

とはいえ、この緊張感とは無縁な状況をご覧ください。朝食をとるため集まった食堂では普段と変わらぬ……いえ、それ以上の緊張感のなさで中には語らい合う者も。

まるで合宿か何かの最終日の食事。「お前、出所したら何する」「故郷で畑でもやるかな……お前も来るか?」なんて会話すら交わされる始末。

その談笑を普段は注意するべき看守も黙認、耳を傾ける者もいれば囚人と最後のお別れの挨拶《あいさつ》すらしている者もいたりと、まぁカオスでした。

「看守公認大脱獄計画」……看守すら協力してくれる脱獄など茶番、いうなれば避難訓練みたいなものですから仕方がないのかもしれませんね。

一時的にとはいえ大量の囚人を野に放つことに関して苦言を呈《てい》する看守も少なくありませんでしたが……ではここで囚人たちとロイドの会話をお聞きください。

「えーっと冤罪《えんざい》などや罪の軽い人はアザミ王国預かりで、重罪を犯した人は……」

「あー俺《おれ》っす。結構な額の横領やっちまいました」

「じゃああなたは残念ですが別の収容所へ、頑張って罪を償《つぐな》ってください」

「オッス！　ロイドの兄貴の名を汚さぬよう模範囚を目指します！」

とまぁこんな感じで取り仕切るロイドを信仰する囚人に……「まぁどさくさに紛れて逃げ出しはしないだろう」と一安心しているのでした。

同じようにB棟はアミジンが取り仕切り、懲罰房《ちょうばつぼう》の凶悪犯や病棟の囚人はさすがに残す形にしているので問題はないと考えています。

囚人をわざと脱獄させる……全てはウルグドの悪事を裁くため。

カリスマ的リーダーと共通の敵がいれば水と油の関係でも上手《うま》くまとまる良い例でしょう。

そして食堂では朝食後の「脱獄直前会議」が始まるのでした。献立ボードに「上手な脱獄について。講師、怪盗ザルコ」とデカデカ書かれているのを見て苦笑する看守もいました。

「よし、みんな聞いてくれ」

メルトファンが手を叩《たた》き静まる食堂内。そしてボードの前に集まるはロイド、アミジン、ザルコ、メルトファンとネキサム。そして看守代表として古株のアスタキが呼ばれました。

司会進行よろしくメルトファンが脱獄の最終確認について仕切りだします。

「えー、皆さん。今日は何をする日かおわかりですか？」

「「「だーつごーくでーす！」」」

もう小学校の帰りの会のノリですね。

その元気な言葉に体育の先生のようにネキサムが応《こた》えます。

「その通りだ！　国境監獄という不可侵の領域を利用したウルグド某《なにがし》の悪事に正当な裁きを与えるための筋肉☆大脱獄である！　そして我《わ》が輩《はい》がタイガー☆ネキサムであるっ！」

何をもって筋肉なのかはわかりませんが、ネキサムがポージングをする度に喝采《かっさい》が沸き上がります。

「よ！　筋肉刑務作業！」『キレてるよ！　キレてるよ！』『腹筋独居房かーい！」

もはやボディビル大会、看守の中にもノってくる連中がいる始末。箸が転んでも盛り上がるくらい現場は温まっていました。

食堂内が落ち着いたのを見計らいザルコが飄々《ひょうひょう》と前に出ます。猫背で手を挙げる彼を見て少々ざわつきます。彼だけ懲罰房から来た凶悪犯なので看守も警戒しますが……本人は気にも留めず脱獄ルートや諸注意について語り始めます。

「今回の脱獄ですが……まぁ、あっしやアミジンさんの指示に従ってくれりゃ何ら問題はありやせん。おさない、かけない、しゃべりは……ほどほどで」

もはや避難訓練の説明ですね。ザルコはモンスターに遭遇しないルートなどをボードを使って再確認します。

「とまぁ看守さんもご公認のお墨付き脱獄……ちょっとした散歩となんら変わりませんが『喧嘩《けんか》と抜け駆けはナシよ』ってことで仲良くいきやしょう」

引っ込むザルコ、続いてアスタキが前に出てきます。囚人の前でこのような形でしゃべる異様な状況に少々戸惑っているみたいですが、深く息を吸い込むと意を決して話しだしました。

「あー、看守のアスタキだ」

「よっ、次期監獄長」なんてヤジも飛んできたりして困った顔を見せながら彼は言葉を続けます。

「まさか脱獄を黙認し助ける日が来るなんて思いもしなかったが、むろんこの脱獄は強制ではない。ウルグドの不始末、ひいては看守側の不始末に協力してもらう形……何かイレギュラーが起こるかもしれない、残りたい人間は残っていただいても問題ない」

その言葉に対し、陽気な囚人がミノキの肩を組んでヤジを飛ばします。

「そんなヤツいるわけねーっしょ！　なぁミノキっつぁん！」

「え、ええ」

やや乗り気でないミノキのことなどお構いなし。残り少ない刑期をまっとうに勤め上げたいがため残るなど言い出しにくいでしょうね。

コホンと咳払《せきばら》いを一つしてアスタキが続けます。

「先ほどザルコの言っていた通りだ。ロイド君やアミジンの先導に従いルートに沿って行動してくれ、その先に待機している馬車に乗り込むまで変なことはしないでくれよ」

念のため釘《くぎ》を刺したアスタキ。その言葉に四人は大反発です。

「何言っているんだ！」『ロイドの兄貴の顔に泥を塗るワケないだろ！』『しゃーこら！』

ロイドの熱狂的信者を前にアスタキは困り顔を見せるしかありませんでした。

「ならいい、以上だ」

あの少年の魅力にやられているならば、今後金を積まれても悪いことはしないだろうと、懲役の存在意義がちょっぴり失われそうになり苦笑するアスタキでした。

「では、ロイド君。最後に何かあるかな？」

メルトファンに促されロイドはおずおずとボードの前で話しだしました。

「あの……少しの間でしたが、皆さん荒っぽいですが気のいい人たちが多かった気がします」

ロイドの一言に場が静まり返ります。スべったとか冷めたとかではありません。静謐《せいひつ》……みんな一様に耳を傾け拝聴しているのです。

「中には本当に犯罪に手を染めてしまった人もいるでしょう。不本意だったり、魔が差したり、仕方がなかったり……色々あるかもしれません、でも——」

ロイドは真剣な目つきでみんなの顔を見やります。

「自分のことを棚に上げてしまって恐縮ですが、こんな僕でも一心不乱に進んだら夢に近づくことができました！　まだ夢の途中ですが、時々挫折しそうにもなりますが、『前に進む』、この姿勢を維持すればなんとかなると思っています！　やり直せると思います！」

メルトファンが微笑《ほほえ》みを湛《たた》えロイドの方を見やりました。数々のことを成し遂げたのにもかかわらずまだ「夢の途中」……将来何になるのか楽しみだという顔でした。

「今回、ウルグドさんという悪い人を裁くことに一丸となって行動すれば、きっと見えてくることがあるかもしれません。ご協力よろしくお願いします……以上です」

静寂。

そして、しばらくしてからまばらな拍手。それは次第に大きくなり万雷の拍手へと変わっていきました。ミノキも、アミジンもザルコも手を叩いています。

「自分にできること……か」

ミノキは何か申し訳なさそうに呟《つぶや》きますが、それは拍手の音に掻《か》き消されました。

そして、脱獄刑務作業の時間がついに訪れました。街道整備の作業中に事故が起きたという「設定」で囚人のほとんどを逃がしてしまったという流れです。そのまま囚人たちはアザミ軍の馬車に乗せられ別の監獄に逃亡、ウルグドの魔の手から逃れることができるのです。

荷物などほとんどない囚人たちは刑務作業の工具を片手にゾロゾロと列をなして歩いていきます。縄も足かせもつけられていない本来ならばあり得ない光景は映画の撮影……そのエキストラを連想させるくらいです。朝礼よろしく校庭に集まる生徒たちといったところでしょうか。

その光景を病棟からマリーたちが眺めていました。

「ほぼ全員がロイド君に従っての行動よね」

「ホテルの時もそうだったけどよ、あいつそういう磁力か何か飛ばしているのか？」

本人に自覚がないのに皆が信望していくさまを苦笑するリホ。

セレンはいつものように「ロイド様ですから」とまるで自分の功績のように胸を張っていました。

「スムーズに事が運びそうね」

「……でも、件《くだん》のウルグドが未《いま》だに姿を見せないのが怖い」

「そうね、相手はカラクリ兵器を量産していたイブの共犯者。いつソレを引き連れて現れるかわからないわ」

二人の会話を聞いてリホがA棟の方に視線を送ります。

「何人かは監獄に自主的に残っているって聞いているぜ、場合によっちゃ助けに行かないとな」

「あら、そんな方いらっしゃるんですの？」

「……あと少しで出所できる人とかは脱獄を断ったらしい」

「賢明よね、ちょっと我慢すれば大手を振って出られるんだもの」

まさか残っているその人物がミノキだとは知らない面々でした。

一方その頃、現場にたどり着いた囚人の面々はというと……脱獄に向けアキレス腱を伸ばす者、緊張で深呼吸する者もいれば監獄に向けて別れを告げる者……あ、この囚人は中指を立てていますね、嫌な思い出満載なのでしょう。

そこにガイドさんよろしく拡声魔石によるロイドの声が響き渡ります。

「はーい、皆さーん！　整列してくださーい！」

ロイドの呼びかけと共に駆け足で並びだす囚人たち。ピッチリキッチリ整列しては指示を待っています。

「入学したての士官候補生たちもこんな感じだったな、もっとも今は知らんが」

メルトファンの呟きにロイドは「アハハ」と笑ってごまかしました、現在の士官候補生たちは最初の頃のピリッとした空気はだいぶ薄れているので。リホとかは前髪で顔を隠して立ったまま寝てたりしますし。

話題を逸《そ》らすようにロイドは囚人たちに流れの最終確認を始めます。

「最終確認でーす。刑務作業中、前回のように足場が崩れるという設定でーす」

ロイドの指さす方にはもうすでに崩壊した体の崩れた足場が……アレですね、三分間クッキングの「こちらが調理後です」的なやつです。

続いてロイドは看守の方に向けて確認します。

「足場が崩れ看守の皆さんは大混乱という設定です、よろしいですか？」

「はーい」

こっちもこっちでノリ良く返事をしちゃっています。ロイドの空気がそうさせるのか、凶悪犯が丸くなって緊張感が解けたからか……きっと両方でしょうね。

「ヌハハ、普段はその程度で混乱はしないでしょうがご容赦《ようしゃ》ください」

ネキサムのフォロー&ポージングを挟みつつロイドの確認は続きます。

「そして、たまたま足かせが外れ腰の縄をほどいた囚人たちが一斉に脱獄。そしてたまたま通りすがったアザミ軍の馬車に確保、保護されるという流れです」

「ヌハハ、『たま☆たま』が続きますがご容赦ください」

「そこ強調する必要ないだろ」

たまらずツッコんだアミジンにマッチョスマイルで答えるネキサム。褒《ほ》めていないのにこの表情です。

そんな微笑ましい一幕を挟みながら囚人に看守、各々が配置につきます。

拡声魔石を使ったロイドの声が響き渡りいよいよ脱獄という名の茶番劇が始まりました。

「は～い、じゃあ皆さん、作業中ですよ～。作業で～す、作業を続けてくださ～い」

そしてためたのち、ロイドが事故のSEをセルフでつけて演出します。

「はいっ！　ドンガラガッシャーン！　事故が発生しました！　事故発生中ですよ！　足場が崩れて混乱中です。看守の皆さん混乱してください！」

「わ、わーたいへんだー」

園児のお遊戯会のように混乱する看守たち。それを見て幼稚園の先生よろしく満面の笑みで頷《うなず》くロイド、そして――

「はい！　崩落が収まりました！　囚人の皆さんは誘導に従って脱走してください！」

ホントもうガチのマジで避難訓練の様相を呈している脱走……防災頭巾がないのが逆に不思議なくらいの現場です。

「よっし！　B棟整列！」

威勢のいいアミジンの声にビシッと整列するB棟の囚人たち。恐怖政治の痕が窺《うかが》えます。

「はいじゃーA棟の皆さんはあっしについてきてくだせぇ」

一方A棟の囚人を引率するザルコは飄々とした感じで囚人たちに呼びかけます。この辺、性格が出ますよね。

メルトファンとネキサムは囚人全員に声掛けをします。

「万が一モンスターが襲来しても、両サイドは私とネキサムで対応するから安心してくれ」

「ヌハハ、モンスターの一体や二体！　我が輩の上腕二頭筋で追い返してくれるわ！」

なぜかフンドシ姿&パンツ一丁になるメルトファンとネキサムにたまらずアミジンがツッコ

みます。そういう性分なんでしょうね。

「えーとなぜ脱ぐ?」

「時間が惜しい、知りたかったら脱獄を終えてからにしてくれ」

「うむ！　シリたかったら後でジックリ教えてあげるゾッ！」

身の危険を感じたアミジンは目を逸らし脱獄に集中することにしました。

「しんがりは僕が務めます。皆さんは逃げることに集中してください……看守の皆さんも今日までありがとうございました」

丁寧に一礼するロイド。看守たちは無言で帽子を取り敬礼します。

「またいつかお世話に……ならないように頑張りますね！　貴重な経験でした！」

そしてロイドは四人たちの最後尾を追いかけます。

その背中を見て看守の一人がポツリと一言漏《も》らしました。

「俺、ついさっきまで『本当に脱獄させていいのかな』って葛藤《かっとう》していたんですけど」

「俺もだよ」

「俺も俺も」

「でも、あの少年を見ると不思議と『任せられる』『大丈夫』って思っちゃうんですよね。凶悪犯のことも国境監獄の明日のことも」

不思議な少年だと看守たちは頷き合うのでした。

「これでウルグドを失脚させられればいいんだけどな」

「大丈夫だろ。あの男、急に姿見せなくなったし逃げ出したんじゃないか?」

ここにいる看守たちは楽観視していますが……まさかウルグドが自分自身を改造し着々と反撃の機会を窺っているとは思ってもいないのでしょうね。

「これでよし、あとはアザミの人に任せてウルグドの失脚を待つばかりか……」

ロイドたちによる脱走劇を監獄の屋上から確認しているベテラン看守のアスタキは計画がひとまず上手くいき安堵《あんど》の息を漏らしていました。

「これでウルグドの悪行を白日の下にさらせれば――」

「誰の悪行だって?」

ブフォォ……と牛が吐いたような生温かい吐息が頰《ほお》をなで、ベテラン看守は思わず振り向きました。そこには――

「う、ウルグド監獄長!?」

思わず疑問系になってしまうほど体軀《たいく》の肥大化したウルグドが立っていました。胸板は厚くなりボタンが弾け飛んでいます。袖《そで》も裾《すそ》もキツくなったのか自ら破り捨てたようで監獄の人間らしからぬ半袖ハーフパンツといったラフな姿になっています。

自分が改造されたカラクリだと思い出してから、今に至るまで強化改造を施した彼の体は膨張を重ね気色の悪い魔物のような形状になっていました。

筋肉の肥大ぶりに息をのむベテラン看守。そんな彼の頭をウルグドはボールを手に取るように摑《つか》みます。

「んんん？　何が起きているんだぁ？　事故が起きたのか？　いかんなぁ、今日は囚人の死体を納品する日ではないはずなのだが……」

ウルグドの発言にベテラン看守は頭部を摑まれながらも抗議します。

「や、やっぱアンタ！　囚人を——ぐがぁぁ！」

しかし最後まで聞くことなくウルグドは彼の頭部を握り締めます。骨の軋《きし》む音が体の内部から聞こえ気味の悪さと痛みに身悶《みもだ》えするほどです。

「様をつけろ。ここは俺の城、俺の庭、俺の国だ……いや、犯罪者を再利用しているからウルグド再生工場だな。工場長とでも呼ぶか？」

あり余る力を急に得て高揚感で胸いっぱいなのでしょう、ウルグドは饒舌《じょうぜつ》に語ります。

「しかし不良品がアリのように逃げているぞ、いかんな。おもちゃは玩具箱《おもちゃばこ》に戻せってお母さんに言われなかったか？」

高いところから目を細め、脱走する囚人の姿を見やるウルグド。その間もずっとアスタキの頭を摑んだまま、手遊びするように彼の頭部をコリコリ握ったりしています。

「おもちゃ……だって……囚人はおもちゃじゃない…………アンタ、監獄長として囚人を更正させる責任ってのはないのか⁉」

　必死の抗議をウルグドは鼻で笑いました。

「囚人が更正なんてするわけないだろ？　元囚人だった俺が言うんだから間違いない」

「なんだって……経歴不明でおかしいと思ったが……」

　驚く顔を見てウルグドは満足そうにクックッと笑います。

「いやぁ言えてよかった、いい表情じゃないか。どうだ、元死刑囚にアゴで使われた気分は」

「ふざけるな……よ」

「更正はできないが変わることはできるぞ、改造人間としてだがな。運が良ければ俺のように理性を保ったまま長い生命と強靱《きょうじん》な肉体を手に入れることができる」

「お断りだっ」

「あ、そ。まぁそんなことはどうでもいい」

　ウルグドはすぐに興味をなくしたのか視線を逃げ出す囚人たちに向けます。

「さーて、王様としての責務を果たさなければな。逃げ出した連中に恐怖政治というものを教えてやろう」

　一人ずつ痛めつけて何人目で許しを乞うか……ウルグドは楽しそうに屋上から跳躍しました。

　その頃、万事上手くいき逃げ出すロイドたち。計画通りことが運びアミジンは余裕の表情を浮かべていました。

「ここまで来りゃ……思った以上に簡単だったな、集団脱獄」

「そりゃあっしがいて看守も味方に引き入れたんですよ。玄関開けて外に出るようなもんでしょう。逆にやり甲斐《がい》がないでさぁ」

ザルコに至っては余裕の表情どころか簡単すぎて物足りないといった顔です。

盗みに美学を求める男に肉体美を追求するネキサムが叱責《しっせき》します。

「ヌハハ、油断している時にこそイレギュラーは起きるもの！　注意召されよ！」

彼の発言を受け、ロイドは真剣な表情で囚人たちを鼓舞しました。

「皆さん！　ネキサムさんの言う通りです！　気を引き締めて悪徳業者から逃げましょう！」

「「「ハイ！　ロイドさん！」」」

悪徳業者の下りにツッコむことなく素直に従う囚人たち、すっかりリーダーですね。

「みんな！　迎えの馬車までまだ距離がある！　農業も脱獄も粘り腰で挑むのだ！」

とうとう脱獄と農業を結びつけるメルトファン……彼なりの鼓舞なんでしょうが首を傾《かし》げる者もちらほら。

「距離はありますけどねぇ、あの栗毛の悪魔、ロイドさんが味方にいるんでさぁ……大丈夫でしょう」

ザルコが脱獄成功を確信した……その時でした。

「逃がさねえぞオモチャ共が！！！」

上空から飛来する巨体――隕石《いんせき》のように落ちてきたのは、あのウルグド監獄長でした。

「う、ウルグド⁉　何だあの体軀は⁉」

「巨大化してやがる⁉　なんでだ⁉」

驚きのあまりまたまた抱き合ってしまうアミジンとザルコ。その二人の怯《おび》えようをみてウルグドはニタリと笑いました。

「仲がいいな名俳優に怪盗さん……二人して巨大化した理由を知りたいとはなぁ」

ブフォォと牛のように太い息を吐くウルグド。その変わりように囚人たちの間にも「ヤバい薬でも服用したのか」と動揺が走ります。

「有機野菜でも食べたのか？　大豆とかか？」

「おそらくタンパク質を効率よく摂取したのでしょう。筋肉は気が付いたら応えてくれますからなぁ」

はい、こんな状況でもいつものノリのメルトファンとネキサムにウルグドは怒り露《あら》わ、血管がこめかみに浮き出ています。

「お前らおちょくりやがって……あのロイドと同じ武闘派詐欺師《さぎし》か？」

「呼びましたか」

自分の名前が聞こえロイドは前に出ます。ロイドの目つきは悪党を見やる鋭い目つき……自分たちの大将の真剣な表情に周囲の囚人たちはざわつきます。ザルコに至ってはその表情を見て腰を抜かしていますね。

ウルグドは先日負けたにもかかわらず余裕の態度、力を手に入れ気を大きくしているのでしょう。

「おうおう、おっかねえなぁ武闘派詐欺師さんは」

「なんですか、その呼び方?」

謎《なぞ》の呼称にロイドは不快感を示します。

「擬態っての? 弱々しい態度で油断させたところで心の隙《すき》を突き、ギャップから生じる恐怖で支配する、可愛《かわい》い顔してやることがえげつない……だが、ネタが割れたら俺には効かんぞ」

台詞《せりふ》終わりにウルグドは摑んでいたアスタキを手向けとばかりにロイドめがけて放り投げます。

「あ、アスタキさん⁉」

ずっと頭を摑まれ続けベテラン看守はぐったりしていました。

「見たか、新たな俺の力を……お前もこうなりたくなかったら服従しろ」

力に溺れ勝ち誇る態度のウルグド。そんな彼に哀れんだ言葉を投げかけたのはザルコでした。

「あーあー見てられないなぁ監獄長さん」

「なんだ怪盗。俺の方に鞍替えするなら今のうちだぞ」

ザルコはこれ見よがしに嘆息すると「バカを言うな」と芝居がかった態度で嘆《なげ》いて見せました。

「鞍替ええ？　あんたは俺が落馬した馬に賭《か》けるバカに見えるかい？」

「なんだって？」

ザルコはロイドに負けた昔を思い出しながら自嘲《じちょう》気味に語りだします。

「デッカくなって気も大きくなって、まんま昔のあっしじゃねーか。万能感に酔ってるのはいいが、そりゃ安酒だ。酔いが醒めたら最悪だぞ」

「この肉体を見て虚勢を張れるのだけは褒めてやろ――」

まだ自惚《うぬぼ》れるウルグドの台詞を言い終える前にザルコは嘆きます。

「もうもう、トラウマ掘り起こしてくれるなよ。一生痕の癒《い》えないお灸《きゅう》を据えてもらうといいぜ。栗毛のナイスガイによ……ですよねロイドさん！」

「あの下手に出る姿勢……もう子分だな」

アミジンは虎の威を借る狐状態のザルコに呆《あき》れます……が、

「ま、気持ちはわかるぜ。同じお灸を据えられた身としてはな」

ニヤリ笑ってロイドの方を見るのでした。

そのロイドの瞳《ひとみ》は目の前の悪党に対して燃えています。

「ヌハハ！　悪い奴《やつ》には容赦しない、肉体美を貶《けな》すものには鉄槌《てっつい》を。さすが我が輩の認めたハムストリングの持ち主よ！」

ロイドは抱き抱えたアスタキをメルトファンの方に渡します。

「メルトファンさん、アスタキさんをお願いします」

「あぁ……ロイド君」

「はい？」

「君は十分強くなったぞ。おどおどしながら士官学校の試験を受けに来たあの日とは見違えるほどだ。思いきりやってこい！」

ロイドは静かに頷くとウルグドに近寄ります。

ウルグドもまたロイドの方へ歩み寄り、さながらリング中央の選手同士といった状況……しかし体格差は歴然、ロイドは首が痛くなるんじゃないかってくらい巨体を見上げています。

しかし一切怯《いっさいひる》まないその態度と風格にウルグドを除く全員が「やってくれる」と信じていました。

「監獄を私物化して悪行三昧……あなたは監獄長として失格です」

「はん！　俺は自分を監獄長と思っちゃいない、この監獄の王だと思っているからな」

「囚人の人から更生する機会を奪い王様気取りですか⁉　人の成長する機会や勇気を奪う人間は一番の悪党ですよ！」

「人間が変わるかよ、罪を犯した連中がまともになれるなんて物語は幻想の中にしかない」

「それは変わろうとしたことのない人間の台詞です」

まだ突っかかるロイドにウルグドは巨体を揺らして大笑いします。

「そうかわかったぞ！　ご自慢のハッタリで逃げようとしているんだな！　自分の方が強いと思わせて」

「あなたに強いとか弱いとか人を判断する資格はありません！　変わろうとしない人間はそれ以前の問題です！　殴ってでも！　その性根を！　叩き直します！」

「よーし決めた！　まずは足を折る！　そこから指を一本一本へし折って泣きわめき――」

「いいかげん！　反省！　しなさい！」

かけ声と共に繰り出されるはロイド渾身《こんしん》の正中三連撃。

コンロンの村人の計り知れない膂力《りょりょく》が人中、胸部、腹部……人体の急所を的確に射抜きました。

無防備だったウルグドはその攻撃をもろに受け――

「ぬ？　ぬおぉぉぉぉぉぉぉ⁉」

ウルグドの巨体は宙に浮き空を吹き飛んでしまいます。

大砲でも撃ったかのような轟音《ごうおん》と風圧を伴い、ウルグドはそのまま一度も地面に落ちることなく監獄の分厚い塀を貫きました。

大地が削れ、遠目に移るジクロック監獄から土煙が立ちこめ……その光景を目の当《ま》たりにした囚人たちは言葉を失います。

　一方、慣れている面々はいつもの調子で……

「ヌハハ、さらにパワフルになったかな？」

「相変わらずお見事だ、実らぬ稲穂も頭《こうべ》を垂れるぞ」

　褒め称《たた》えるのでした。

　しかしロイドは追撃の手を緩めません。

「皆さんは先に逃げてください！　僕はあの人を更生させに追います！」

　そしてエアロで宙を舞い飛んでいったウルグドの後を追うのでした。


　一方、吹き飛ばされ瓦礫《がれき》の山に埋もれているウルグドは何がなんだかわからない様子で殴られた箇所を押さえ身悶えしています。

「う、ウゲェェェェ⁉」

　口から吐き散らかすは血に胃液、そしてオイルらしき何か……人体から出るはずのない鼻につく臭い液体にさらに気持ち悪くなったのでしょう。

「まだです！」

　そんな彼にロイドは容赦なく踏みつけをお見舞いします。ロイドの鬼気迫るストンピングにウルグドはその巨体を地面にめり込ませました。

「僕は負けるわけにはいきません！　変われないと開き直っているあなたに！」

「開き直るだぁ⁉　うるせえ！　口に手を突っ込んで引き裂いてやる！」

ウルグドは痛みに悶えながらも反撃します。なりふり構わず子供のように瓦礫を投げつけロイドが防御した隙を突いて腕を伸ばします。

「そぉら！」

伸ばされた腕に掴まれたロイドを引き寄せウルグドは顔面を寄せると、

「おもちゃはなぁ……おもちゃらしく……玩具箱に入っていろ！！！！」

そのまま力の限りロイドをA棟に叩きつけました。

砲弾でも撃たれたような大穴が開いてもウルグドは掴んだ体を離しません。

「特別刑務作業だ！　監獄の壁が古くなっていたからな！　お前の石頭で叩き壊して！　建て直しだ！」

大暴れするウルグドを見て残っていた看守たちは必死になって逃げ出します。

「この程度で逃げ出すなんて根性のない連中だ……だよな、ロイド・ベラドンナ……死んだか？　ちゃんと俺に楯突《たてつ》くとどうなるか理解してから死んだか？」

「理解してたまるか！！！」

ウルグドの拘束を振り払い相手の腕を掴んで力任せの一本背負い。今度はウルグドの体で特別刑務作業が続けられます……が、急にロイドの動きが止まりました。

「っ……まだ人が」

どうやらロイド、逃げまどう人に被害が及ばぬよう躊躇《ちゅうちょ》した模様です。

そして一瞬止まったその隙をウルグドは見逃しませんでした。

「もう交代か⁉　じゃ、俺の番だな！」

再度投げの応酬になるかと思いきや……

「エアロ！」

この場にいると誰かが怪我《けが》するとロイドはウルグドを掴んだままエアロで空を駆けます。

「化け物か⁉　俺を掴んだまま空を飛ぶなんて！」

驚愕《きょうがく》するウルグドにロイドは冷たい目で睨みました。

「残念ですけど、もうあなたの番はありません……誰もいないこの空なら、全力を出しきれます！」

「な⁉　まだ全力を出していなかったとでも言うのか⁉」

ロイドはそのままエアロで加速すると急上昇。そして体中に風を纏《まと》いだしました。

周囲の気圧が下がりヒンヤリとした空気が漂い、尋常じゃない何かにウルグドは冷や汗を流します。

「嵐《あらし》を纏い、縦横無尽に駆け回る……僕の必殺技です！」

本気を出したロイドの「テンペストクローク」。小さな台風が上空に巻き上がり瓦礫や土埃《つちぼこり》で渦が浮かびます。

「嵐を⁉　纏うだぁ⁉　なんだその⁉　なんっ――――」

宙に放り出されたウルグドを纏った高速回転のエアロで引き裂き……そのまま渾身の一撃で地面へと叩きつけました。

空中で悶絶していたのでしょうか、ウルグドは無言のまま再度その巨体を地面に打ちつけました。

一瞬気を失っていたウルグドですが叩きつけられて目が覚めたのか血を吐き目を見開きむせ返ります。

「ゲフ！　ゲッフ……グフフ……」

そして空を眺めながらグフグフと笑い始めたではありませんか。気が動転でもしたのでしょうか？

「誰もいない……か。見つけたぞ……ロイド・ベラドンナ。お前の……弱点をなぁ！！！」

悪い顔をして血塗《ちまみ》れの口角を上げるウルグド。彼は地面に腕を叩きつけるとその反動で起き上がります。

腕の力で元気よく跳ね上がりはしましたがもうすでに満身創痍《まんしんそうい》のウルグド。傍目《はため》から見ても身体能力のお化けであるロイドを相手に勝ち目はなさそうです。

「まだやりますか……いいですよ！　とことん相手になります！」

テンペストクロークを叩き込み、なおも立ち上がるウルグドを称えながら構えるロイド。最後までやり合う姿勢を見せます。

しかし対してウルグドはふっと息を吐きヘラヘラと笑いました。

「いや、やらねえよ」

ロイドは気を削《そ》ぐような彼の発言につられて肩の力が抜けてしまいます。しかし「降参」とも「開き直り」とも違う……何か良くない雰囲気に警戒は解けません。

「何か企《たくら》んでいるんですか」

聞いてみるロイド。

ウルグドは素直に答えます。

「企んでいるねぇ。この短時間だが、お前のことがよくわかった……非情になれない甘ちゃんだってのがな」

台詞を言い終わったと同時に明後日《あさって》の方向に駆けだすウルグド。その方角にあるのは……病棟でした。

「そ、そこは！」

病棟の下まで一気に駆け寄ったウルグドは勝ち誇った態度でその建物の壁面に指を食い込ませました。

ピシリと亀裂の入る音。

ロイドの顔がこわばります。

「いーいリアクションじゃないかロイド・ベラドンナ、初めて思い通りの顔をしてくれたな。遅せーんだよバカ」

今までの憤りを込めるかのように指に力を込めるウルグド。さらに大きく亀裂が入りました。

「A棟を粉微塵《こなみじん》にしたようにここを潰《つぶ》すことなんて今の俺には容易なんだぜ、動けねえ連中も医者もたくさんいるだろうよぉ」

ウルグドの作戦。それは病棟ごと人質に取ることでした。

「く……」

苦悶の表情のロイド。エアロを使おうが奇襲をかけようが病棟に手をかけているウルグドの方が速い、大技を仕掛けようにも病棟ごと吹き飛ばしてしまうかもしれない……と、手が縮こまってしまってます。

緊急事態に気が付いたのか上の階からマリーたちが顔を出して状況を確認します。

「ちょ、マジか⁉　病棟が潰されるかもしれねえ！」

「……ここから加勢する？」

「ロイド様が手こずる相手、下手に刺激してここを崩されては患者さんが無事では済みませんわ」

「今から数十名の病人を逃がす手だては……もしくはあのデカくなった監獄長を止める手だて

を……」

　自分たちだけでなく怪我をしている人たちもいる。マリーたちもまた不測の事態に当惑し有効な手段を考えられずにいました。

「わかるだろオイ！　今の俺なら病棟を簡単に崩すことができる。お前が被害を無視して俺に攻撃したとしても、その間に何人犠牲が出るだろうかなぁ」

「ま、マリーさんたちもいるのに……」

「お⁉　その様子じゃ知り合いもいるのか⁉　俄然《がぜん》やる気が出てきたぜ‼」

　ウルグドが何か喋《しゃべ》るごとに病棟の壁に走った亀裂が大きくなり、さらにロイドの手は縮こまります。

　不特定多数の命を握られている状況……無視して攻撃すれば勝てるでしょう、マリーたちだけならば自力で助かることもできるでしょう。

　しかし、彼の目指すモノ――小説の主人公は誰一人見捨てることのない架空の国の軍人、ロイドはそんな人間に憧《あこが》れて今ここにいるのです。大のために小を切り捨てるのではなく「自分以外の全てが大」、そんなカッコイイ人間に。

「お前は誰であろうと見捨てられない……そんな良い子ちゃんのお前に敬意を表して、大人しくしてりゃ手は出さないでおいてやるよ」

「大人しく……っ⁉」

バチン、と太い指を鳴らしたウルグド。すると、火葬場の残骸からゾロゾロとカラクリ兵器たちが這《は》い上がってきました。

「あんなところから――」

「地下にあったのかよクソ！　死体を火葬するフリして改造していたんだな」

「……そして多い」

「ちょ、どれだけ出てくるんですのあのカラクリ兵器は！」

マリーたちの驚きの声。ズラリと並ぶカラクリ兵器はおよそ五十体ほど。

その圧巻の光景を見てウルグドは腹を揺らして笑い、おどけた声でロイドに要求します。

「今月の納品分のテストをしてくれないか？　あぁ、耐久度のテストはいらないから、お前はただただ殴られるだけで結構だ」

要は反抗せずなぶり殺しにされろ、というウルグドのサディスティックな要求ですね。

ロイドは意を決しその要求をのみました。

「それで病棟の人たちを見逃してくれるのなら……」

ようやく、ようやく自分の思い通りになったとウルグドは垂涎《すいぜん》の顔で笑います。

「オウオウ！　病人なんぞいくらでも見逃してやる！　その代わり出すなよ！　絶対手を出すなよ！」

ウルグドが手を掲げカラクリ兵器が戦闘態勢になった……次の瞬間でした。

「そ、そこまでにしてもらえませんか？」

おどおどした物腰の低い声。ロイドもウルグドも、カラクリ兵器も思わず振り向いたその先には――

「み、ミノキさん⁉」

そこには秘書のミノキが佇《たたず》んでいました。

予期せぬ珍客の登場にウルグドは真顔でミノキを見やり首をひねります。

「ん～？　ん～？　……あぁ、A棟のジジイ囚人か。差し詰め怖くて脱獄にも参加しなかったビビリってとこか。刑期あと少しだったもんなお前」

ズバリ言い当てたウルグドにミノキは答えるよう後ずさってしまいます。反応がおもしろいのか彼は畳みかけるように言葉でなぶってきます。

「死にたくなかったらさっさと消えろビビリジジイ、その方が賢明だぞ。柄にもなく正義気取りで首を突っ込むんじゃない……監獄長である俺に刃向かったらお前の寿命が尽きるまで刑期を延ばしてやるからな」

ここぞとばかりに監獄長権限をチラツかせる性悪なウルグド――

しかし、ミノキの反応は彼の想像するものとは違い、メガネの奥の優しい瞳を険しくしてその脅しを撥《は》ね除《の》けます。

「賢明………わ、私はそうは思いませんね」

「なんだと？」

表情の曇るウルグド。

ミノキはメガネを直し反論します。

「一人になってずっと考えていました。我が身可愛さに皆に協力せずこの場にとどまってよかったのだろうか……そこで気が付いたんです、ここであなたの悪事から目を背けたらアラン坊ちゃまや旦那様に顔向けできないと」

「延びるぞ刑期が！　生きているうちに出られず老いて干からびて待つ人に会うことも叶《かな》わなくなるぞ！」

間を置かずにミノキは啖呵《たんか》を切り、大きな声で否定します。

「ここで立ち上がれなかったら！　自分を正当化させて悪意に身をゆだねてしまったあの頃から変われない！　胸を張って『変われた』と言うためならば！　何年かかったって構わない！本当の贖罪《しょくざい》とは！　自分が変われるか否《いな》かだ！」

ミノキの魂の言葉にウルグドはひどく冷静になって反論します。

「そうそう囚人が変われるものか、強盗や殺人を繰り返した奴は獄中で何年過ごそうが変わるわけがない。騙《だま》し合いや罵《ののし》り合いを場所を変えてやるだけ。贖罪なんて関係なし、時間が来たら首吊《つ》って死ぬだけだ」

まるで自分がそうだったかのようにウルグドは語ります。

「模範囚を気取っていた奴も看守に賄賂《わいろ》を渡して仲間の悪事をたれ込んで自分だけ助かろうと必死だった。監獄に意味なんてない、だったら囚人をおもちゃにして楽しむ場所と割り切った方が賢明だろう?」

自分が死刑囚で周りの汚さや看守の蔑《さげす》んだ瞳に思うところあっての発言でしょう。それにしても独りよがりな考え方にミノキもロイドも嫌悪感を示します。

「なんて人だ」

唾棄《だき》するようなロイドの言葉もウルグドは聞いちゃいません。虚空に向かって演説します。

「そう、これは形を変えた救済だ。贖罪なんてできるわけない囚人をせめて外見だけでも変えてやる再生工場。いや、改造の楽園! 俺は救世主! 工場長じゃねえ! 救世主だ!」

独《ひと》り言《ごと》を声を荒らげ叫ぶウルグドをロイドは否定しました。

「そんなことは絶対にないです。変わろうとしている人もいます、根は陽気な人だって真面目《まじめ》な人だってボタンのかけ違いで罪を犯してしまった人も中にはいるかも――」

「いーや、囚人は囚人。クズは一生クズなんだよ。たとえお前がここで連中を必死で庇《かば》って死んでも、逃げた連中は感謝すらしないだろうよ」

断言するウルグド。

しかしロイドに変わって反論するのはミノキでした。

「ここにすでに一人いますよ。ロイド君に感謝している囚人がね」

はい論破……なミノキの物言いにウルグドは言い負かされた子供のように癇癪《かんしゃく》を起こします。

「あぁぁ⁉　屁理屈《へりくつ》抜かすな！　お前なんてジジイはノーカンだろ！」

「ふーん、じゃあ伊達男《だておとこ》だったらどうかな？」

「なにぃ⁉」


ダンディな渋い声。ウルグドが振り向いた方には脱獄したはずのアミジンがいました。

「アミジン・オキソ⁉　てめぇなんでここにいるんだ⁉」

「やれやれ監獄内に囚人がいるってのに、それに文句を言う看守がいるなんざ世も末ですねぇ」

アミジンに続きひょっこり現れるはザルコです。

「怪盗まで？　……ぬぅ⁉」

ザルコだけではありませんでした。脱獄したはずの囚人たち全員が戻ってきたではありませんか。しかも看守たちも一緒にです。

「み、皆さん⁉」

「来ちゃった♥」

ハムストリングをチラつかせるネキサム。隣のメルトファンがこの状況を説明します。

「こんな状況でロイド君を置いて逃げるわけにはいかないと囚人たちが聞かなくてなぁ……や

れやれだ」

どこか嬉《うれ》しそうに笑うメルトファン。アミジンが小声で異を唱えます。

「いや、俺は逃げたかったんだけど」

ザルコが彼の肩を叩いてニヤケました。

「でも囚人たちが戻るって言っても断らなかったじゃないですかい」

「大したことじゃない、困ったアイツに恩を売れば、少しでも刑期を減らせるかもって思ったんだよ」

打算とツンデレ、たぶん半々のアミジンさんです。

「で、この変なの倒せばいいんですかロイドの兄貴！」

「囚人も看守も関係ない！　この困難を乗り切るぞ！」

囚人と看守が肩を並べ協力し合う姿勢を見せる。ウルグドはその光景に一瞬狼狽《うろた》えますがゲフゲフと笑います。

「凡骨風情《ぼんこつふぜい》が徒党を組んでもなんの意味もねぇ！　忘れたのか⁉　俺が病人や医者を人質に取っているってことをな！　俺が腕をブン回せば一瞬で病棟が倒壊して死人が出るぞ！」

吠えるウルグドですがミノキは実に落ち着いた声で彼の思惑を否定します。

「いえ、私はそうは思いませんね」

「そうは思いません、そうは思いませんってなんだ！　何を根拠にぬかしやがる！」

ミノキは落ち着いた態度を崩さずコリコリ頭を掻きます。

「根拠と申されましても……もう全てが遅すぎたとしか言いようがありませんな」

「早いも遅いもあるか！　見ろ！　俺がちょっと力を込めただけで、この病棟は――――え？」

その時、ウルグドは病棟のある異変に気がつきました。

煉瓦《レンガ》造りの施設、その壁面にびっしりと「木の根」が張りついているではありませんか。その根はどんどん大きくなり病棟はさながら千年杉のような樹木へと変貌《へんぼう》を遂げました。

「私、トレントに寄生されていたことがありまして。それ以来このくらいのことは時間をかければできるようになっちゃったんですよ。見た目的に普段使いにはアレですが」

「は？　トレ……トレントぉ!?」

どうやらミノキは木の根を足下から地面に潜り込ませ病棟へと延ばしている模様です。

「あなたがご高説を垂れ流している間に根っこを延ばして建物を補強させていただきました。もうあなた程度の力じゃビクともしませんよ」

外に内に、鉄筋コンクリートも真《ま》っ青《さお》な補強。ウルグドはミノキの台詞の途中で何度も壊そうと試みていましたがビクともしません。

病棟の安全が確保できたことを確認しアミジンが指示を出します。

「よーしお前ら！　病棟の囚人たちを運び出せ！　逃がした分だけ刑期が短くなると思え！」

「「「あいさ！」」」

率先して構成員を引き連れ病棟の中へと向かうアミジン。

そしてアミジンの声を皮切りに総勢五十体のカラクリ兵器たちに挑む看守と囚人たち。「ロイドの兄貴のため」「監獄のため」と声を上げ工具や警棒を手に果敢に攻め込みます。

「囚人&看守の諸君！　無茶はするなよ！　タイガー……プリティ☆ヒッププレス！　イン、プリズン！」

「我々が弱らせてから一体に複数で挑むのだ！　農業旋風！　アグリカルチャー……タイフーン！　プリズンスペシャル！」

何をもってプリズンスペシャルなのかわかりませんがネキサムとメルトファンの大技炸裂《さくれつ》にカラクリ兵器たちは一気にその戦力を奪われます。

そして言われた通りに各個撃破……囚人看守関係なく協力し合ってカラクリ兵器を次々に無力化していきました。

その光景を見たウルグド。仲間を裏切ったり裏切られたりが当たり前の彼にとって、認められない耐え難《がた》いものでした。

「囚人が変われないと先ほどまで言っていましたよね。この光景を見てもまだ？」

問いかけるロイド。しかしウルグドは認めません。

「うるせえ！　俺は王！　俺は救世主！　俺は工場長！　俺の城という名の楽園に乗り込んだお前は重罪だ！　処刑！　処刑！　スクラップだ！」

彼の叫びをロイドはバッサリ否定します。

「悪徳業者が王様気取りも大概にしてください！」

「悪徳業者？　オイ、どっから業者って言葉が出てくるんだ？」

たまらずウルグドはもっともなツッコミを口にしますが――

メキャ！

言葉終わりにロイドの拳《こぶし》が顔面にめり込みます。

メキャ！

そして無言でもう一発。殴った後ロイドは嘆息交じりでウルグドを説教します。

「この拳はクーリングオフです！」

「クーリングオフ⁉　ぐぎゃ！」

メキャ！

「これは嘘《うそ》の自己啓発セミナーと騙してお金をもらって荒稼ぎした罰！」

「自己啓発⁉　そんなことしてな……わぎゃ！」

メキャ！

「次は合宿と言われて監獄送りにされた……ガストンさんの怒りです！」

「ガストンって誰⁉　おぎゃ！」

メキャ！

「病人を人質に取る悪徳業者は！　頭冷やして！　反省してください！」

「お前の言ってること全部ピンとこねぇぇ！　納得いかねぇぇぎゃぁぁぁ！」

メキャキャキャキャ…………

ロイドの拳一発一発で萎んでいくウルグドの体。最後は風船のように萎んでヘナヘナになって地面に突っ伏したのでした。

「あーらら、ご愁傷様《しゅうしょうさま》。痛いよな、ロイドさんの拳は」

同じ痛みを知っているザルコはちょっとだけウルグドに同情するのでした。


全てが終わったジクロック監獄。要塞のようにそびえていた建物は砲撃を受けたかのように瓦礫の山と化しくすぶった煙がそこかしこに立ちこめています。

史上もっともロイドに殴られた悪役であろうウルグドはぐったり倒れ瓦礫の中に沈みます。

「悪徳業者って……マジでなに……」

大の字になりながらまだなお喋る力のあるウルグド……そのタフネスさにアミジンは病人を担ぎながら驚嘆しました。

「とんでもない怪物だったぜ、コイツも……コイツを倒したアイツもな」

ウルグドを見る目と同じようにロイドを見やるアミジン。

そのロイドは殴りすぎで折れたであろう拳を無理矢理戻していました。

「な、大丈夫ですかロイド君⁉」

「平気ですよ。それより、ミノキさんすごいですね、ウチの士官学校にも同じことできる先輩いますけど……ミノキさん士官候補生になれるんじゃないですか？」

「ははは……四、五十年若かったら、その道もよかったかもしれませんね」

ロイドもミノキも笑い合っていました。この短期間で戦友のような間柄ですね。

「年甲斐もなく張り切ってしまいましたねぇ、明日は筋肉痛でしょう」

ミノキと会話を終えた後、そこに病人の避難作業を終えたメルトファンたちが到着します。

「いやいや、さすがとしか言いようがないなロイド君」

「ヌハハ、あの監獄長……さすがの我が輩も尻《しり》とキモを冷やしましたぞ」

「あ、お二人共！　みなさんは無事ですか？」

「うむ！　病人も皆無事よ！　後でご褒美《ほうび》をやらんとな。しかし脱獄した意味がなくなってしまったが結果オーライだな！」

「騒動で怪我をした人もマリアお……マリーさんが懐抱している」

「そうですか……よかった。僕も手伝いに行きますね！」

この場を離れるロイド、それを見たアミジンは疲れた顔で頭を掻いています。

「逃げるチャンス到来だが……さすがに気力がないぜ」

自嘲気味に笑うアミジンをミノキがいじります。

「今からでも遅くはありませんよ、逃げ出すことも、もちろん人生やり直すこともね」

若干《じゃっかん》皮肉を込めてアミジンに話しかけるミノキ。彼は怒ることなくヘラっと笑います。

「言うじゃねーか、爺《じい》さん。ま、この騒動の隙にトンズラしようかとも思ったけどな……サーデンのガキに命狙《ねら》われるかと思ったらその気は失《う》せたぜ」

ロイドが怖くて脱獄したくなかったザルコの気持ちがわかると呟くアミジン。

ミノキが彼に手を差し延べました。

「よかった、ここで逃げたら本当に罪を償う機会を失いますからなぁ」

「あんた、変わったな。おっかなびっくりだったくせに」

「この年になっても人間変われるものです、貴方《あなた》はまだお若い、あと三回はやり直せるんじゃないですか？」

「もう二回ヘマできるってか？」

アミジンは笑うとメルトファンに向き直ります。

「と、いうわけだ。大人しく別の監獄に連行してってくれや」

メルトファンは静かに頷きました。

「わかった、しかし誰一人どさくさに紛れて逃げ出さなかったとはな」

感心する彼にアミジンは片眉《かたまゆ》を上げます。

「全員かい？」

「全員だ。一人の漏れもなく別の監獄に収容されることを希望している」

凶悪な囚人たちが誰一人逃げることなく移送されることを望む……ロイドの優しさと強さ、その二つに感服したのだろうとアミジンは推察しました。

「まったく、軍人よりマフィアのボスの方が似合ってんじゃないか、あの少年は」

「かもしれませんねぇ、私もそう思います」

余談ですが、ミノキはこの後無事刑期を終え、スレオニンの元に戻ってから秘書の傍《かたわ》ら自らの経験を生かし囚人の更正に尽力するようになったのでした。


そしてセレンたちは改造マニュアルを探すため火葬場の跡地を調べていました。

瓦礫をどかしながらリホはヒイヒイ言っています。

「ったく、潜入捜査だってのに最後は力仕事かよ」「……ぼやかない……セレンですら一生懸命やっているのに」

フィロがリホをそうたしなめますが……当のセレンはというと。

「ほらほらヴリトラさん、そっちの瓦礫の方が邪魔ですわよ」

真剣にやっているかと思いきや呪《のろ》いのベルトであるヴリトラに全てを任せているようで……この期に及んでの横着っぷりにリホは呆れるしかありません。

「一生懸命にやっているぜ、ヴリトラさんがよぉ」

「……アーティファクトはアドバンテージ……早く師匠に会いたいけど、辛抱《しんぼう》」

「釈然としねーなー。あー早く一仕事終えてゆっくり休みたいぜ」

ぶーたれるリホ、そんな作業をしているうちに地下研究施設への扉を発見したようです。

「あ！　ありましたわ地下への扉！　私が発見しましたわ！」

「……作業したのは我なんだけどな」

手柄を横取りされ、ついついぼやいてしまうヴリトラさんでした。

「サンキューヴリトラさん！」

「……ヴリトラさんお手柄」

そのことがわかっているのかねぎらう二人にヴリトラは泣きそうでした。

「くぅ……目があったら泣いているところだ……」

さて、持ち主であるセレンは扉を持ち上げようとします……が重くてなかなか開かないようです。

「んしょんしょ……ずいぶん重いですわね、自重ですぐ閉まっちゃいます……ヴリトラさんちょっと手伝ってくださいな」

そう言ってセレンはベルトを取ると扉の取っ手にヴリトラを縛りつけました。そしてすぐ閉まらないよう近くの木の幹に固定します。

「ちょ、我が主セレンちゃん⁉　この扱いはひどいんじゃない⁉」

扉を固定するためのロープ扱いされるアーティファクト……聖獣ヴリトラが形無しですね。

「じゃあさっさとマニュアルを探しに行こうぜ」

「了解ですわ！」

「え、ちょ！　我このまま置き去り⁉」

「……適材適所」

フィロにフォローにならない慰めをかけられ、ヴリトラは独りぼっちになってしまいました。

「まいったなぁ……昔からしたら考えられない扱いだ。こんなことをしていていいのだろうか……早く娘を見つけ出し元の体に戻ることを考えないと……」

悲哀漂う聖獣……中身は四十路《よそじ》のシングルファザー。

そんなボヤキに反応する声が聞こえてきました。

「そーねー、鬼の主任、特技は『ヘビ睨み』と呼ばれるほどのは虫類顔のイシクラが今じゃ便利なロープ扱いだもんねぇ」

「――ッ⁉　誰だ⁉」

底抜けに明るい声、そして瓦礫の山に不釣り合いなウサギの着ぐるみがおどけたポーズをしながら現れました。

「……イブ……エヴァ大統領⁉」

「様をつけなよベルト野郎～……なんちて」

緊張感を纏うヴリトラに張り詰める空気、しかしイブは意に介さず雰囲気を変えません。着ぐるみゆえ表情も見えませんがきっと飄々とした顔をしているのでしょう。

底の見えない元上司にヴリトラは語気を鋭くします。

「ずいぶんと余裕だな、ノコノコ現れるなんて……貴様の企みはまた一つ潰れたぞ」

「ホントやってくれたわね～……でも、独りぼっちの貴方に会えたことは僥倖《ぎょうこう》かしら……っと」

急にふらつくイブ。

「こりゃ余裕ないなぁ……しばしお待ちを～。そーれっ！」

そう言いながら彼女は瓦礫の山から下りた後、自分の頭をガンガンガン瓦礫の山に岩に地面に打ちつけ始めました。

異様な行動、異様な光景。ウサギの着ぐるみが操《あやつ》られたかのように頭を打ち据えだしヴリトラは戦慄《せんりつ》します。

やがて発作のような行動は収まり、着ぐるみの頭部は解《ほぐ》れ、目は潰れ、耳ももげそうな状態……実にホラーめいた光景でした。

「やーっと収まったわ。ま、予想はしていたからいいけど……単刀直入に言うわ」

ボロボロの頭部を手で押さえながらヴリトラの方を見やるイブ。

「スカウトをしに来たのよイシクラ君。ユーグちゃんを失って研究員が足りないのよ」

ヴリトラは毅然とした態度です。

「従うと思うか、あの日俺の娘を連れて何かしようとしていたアンタに」

「思っているのよぉ。じゃないとノコノコフラフラしながら現れないわよ……絶対服従する確信ってやつがね」

喋り終えると、イブはスポンと着ぐるみの頭部を脱いでみせます。実にあっさり素顔をさらすイブ……中から現れたのは至って普通の少女でした。

年齢は十五に満たないくらい、整った黒髪にどこか儚《はかな》げな顔立ち。少し病弱そうな深窓の令嬢といったところでしょうか。

しかしヴリトラは着ぐるみの下からおぞましい怪物でも現れたかのように驚き声にならない声を上げました。

「――――ッ！　――――ッ！　――――ッ⁉」

目をむいた表情が浮かんでくるくらいの驚きっぷりに満足したのか少女は似つかわしくない極悪な顔で笑いました。

「いやー最高のリアクション！　サンキュう！」

「な、なぜだ⁉　……なぜエヴァ大統領が麻子……私の娘なんだ⁉」

「そうよん、私は貴方のむ、す、め。でもでも中身は八十九のおばあちゃんなんだけどね」

言葉を失っているヴリトラに少女の顔をしたイブは一方的に話しかけるのでした。

「続きはＷＥＢで～って言いたいところだけど残念ながらここ、異世界なのよねぇ」

地べたに座り込むイブは儚げな少女の顔を歪《ゆが》ませながら喋ります。

「あの時ね～私、殺されたのよ、君の娘さんに」

「ころ⁉　どういうことだ？　連れ出したのはアンタだろうに！」

悪びれる様子もなくヘラヘラ笑うイブ。顔に似合わぬ態度でした。

「まぁねぇ。連れ出したのは私イブことエヴァ大統領だけどさ……ほら、あの時私は重病で余命幾ばくもなかったじゃない。麻子ちゃんと同じ病気で」

「……」

無言を返すヴリトラ。

「その病気を治すため訳のわからんルーン文字とかいう研究に協力してくれてたんだもんね。超エリートで学界の権威でもあるイシクラ君」

「そうだ、藁《わら》にもすがる思いでルーン文字というものの研究を手伝った……奇《く》しくもエヴァ大統領も同じ病気、エビデンスもない民間療法以下の眉唾物《まゆつばもの》だったが信じる価値はあると思った」

「もう数か月の命ってところだったからさ、ユーグちゃんを焚《た》きつけて計画を前倒ししたわけ。魔力ってやつが溢《あふ》れる装置。アレ異世界に通じる装置だったのね、最近知ったわ」

ヴリトラは娘の顔をした元上司の言葉を無言で聞いています。

「魔力の溢れる装置の出力を上げても人体修復のルーンが成功する確率が五分五分……だからまず実験台として君の娘さんに協力してもらったってわけ」

「娘を実験台にだと⁉」

「そう怖い顔しないの、顔ないけどね」

おどけながらイブは続けます。

「あの日上手く娘さんを丸め込んで病室から実験室へ連れ出したのよ。人体修復に成功したら私も受けようとワクワクテカテカしてたんだけどさ……勘のいい子ね、不穏な空気を察して逃げようとしたわ」

悪びれる様子もなく、武勇伝を語るように振る舞うイブ。

「フリーズ！って護身用の銃を抜いたわ。どうせ人体修復のルーンが成功したら怪我も病気も治るんだから足くらい撃って動けなくしてやろうと思ったわけ。そしたらさ～抵抗されちゃって！　八十九のおばあちゃんによ⁉　信じられる⁉」

よっぽど自分の方が極悪なことをしているのに「信じられない」とおどけるイブ。

「で、揉《も》み合いの末、私ことエヴァ大統領は胸をパーンって撃たれちゃったわけよ……苦しかったわ、ほぼ死んでいたんじゃないかしら。心肺停止状態で脳死を待つ状態だったかしら？　その時よ！」

弁士のように手を叩いて盛り上がりどころですよと伝えるイブ。

「あの装置が暴走しちゃったのよ！　その辺は巻き込まれたイシクラ主任だからわかっているわよね。現実と非現実が混ざり合ってしまいあの場にいた人間は魔王というファンタジーな存在になってしまった」

「……あぁ」

「体は死んでいたけど脳はまだギリギリ生きていた私、そして人を殺してしまったショックで心身喪失し心の殻に閉じこもってしまった麻子ちゃん。運良くマッチングして運命共同体になってしまったわけ」

「何が運良くだ！　人の娘を乗っ取っているのだろう！」

「もちろんこのままずーっと一緒のつもりはないわ。新たな肉体を得てこの体から出ていく計画……カラクリ兵器に応用しているけどもともとはそのつもりの研究だったのよ、ここは」

監獄全体をアピールするイブ。

「ユーグちゃんがいなくなって計画は難航しちゃっているけど……これ見てみ」

イブは懐《ふところ》からマンゴスチンのような物を取り出しました。

「魔王の力を封じるマステマの実……」

「これの応用で肉体を作って魂を封じ込めるわけ、アバドンとか弱い魔王は精神乗っ取るタイプでしょ、それの逆ね」

着ぐるみから取り出すとジャグリングするようにマステマの実で遊びだすイブ。幸薄い子供の顔は邪悪な笑みを浮かべています。

「私のボディはまだだけれども貴方のボディは完成しているの。ユーグちゃん、貴方は自分に協力してくれると思っていたんでしょうね……娘さんの件を気にしていたあの子らしいわ」

無言を返すヴリトラ。イブは可愛くあどけなく、そしてあざとく微笑んでみせました。十五の少女が父親を前にしたことを意識した笑みで。

「この作戦に成功したら私は娘さんの体から出ていくつもり。貴方の悲願は娘さんの命だから断る理由ないわよね……従いなさい石倉仁君《いしくらじん》」

数分後――

セレンたちが地下研究所からのそりと出てきます。手には大量の資料……ホコリ塗《まみ》れで動く度に変な粉が周囲に舞っていますね。

三人娘はケホケホと咳をしながら外の空気で実においしそうに深呼吸をします。

「ん～、ひっどい場所でしたね。掃除は行き届いていないわ、こぼしたスープを拭《ふ》いた雑巾《ぞうきん》を放置しているわ……」

「……煤《すす》もひっどい。あんなとこで葉巻吸っていたとしたら火事が心配」

「ホコリもひでーよな。アタシでもあそこまで汚れていたら掃除するぜ」

汚れは散々だったようですが、その分戦果はあった模様です。ホクホク顔とまではいきませんがやりきった顔の三人を見るに山ほど証拠を手に入れたのでしょう。

「細かい部分はわかりませんが囚人の改造のやり方を記載しているマニュアルで間違いなさそ

うですわ」

「その辺はリンコさんに任せりゃいいか。まぁこれでロイドの前科を堂々となしにできるな」

「……ホッと一安心」

「ですわね！」

胸をなで下ろすフィロとセレンにリホはずっと放置されているヴリトラのことを思い出しました。

「オイ、そろそろヴリトラさんを解いてやれよ。ずーっとこのままじゃ可哀想《かわいそう》だろ」

「あーっとそうでしたわね。ヴリトラさん、今解いて差し上げますからね」

しかし、先ほどまでベラベラと喋っていたヴリトラはウンともスンとも言いません。

「あら？　どうかしましたヴリトラさん？」

リホがハハーンと唸《うな》り推測します。

「大方すねたんじゃねーの？　ぞんざいな扱いによぉ」

その意見に対しセレンは胸を張って反論します。

「何を仰《おっしゃ》いますかリホさん。この程度でスネていたら一日一回はスネていますわ」

「……胸を張って言うことじゃない」

胸を張って言うことじゃありませんよね。

どれだけ過酷な環境にさらされていたのか……ヴリトラに同情を禁じ得ないリホとフィロ。

無言の呪いのベルトを見て「疲れたんだろ」「そっとしておこう」と決めたのでした。

解いていつもの腰に装備するセレン。そこにロイドとマリーが駆けつけました。

「大丈夫ですか三人とも」

「遅くなってごめん、何か見つかったかしら?」

彼らの声、というかロイドの声にいち早く反応したのはやはりセレンでした。

「あぁロイド様! 見てくださいまし私の成果を! ウルグド某の悪事暴いたりですわ――ンゲッホ! ンゴッホ!」

アグレッシブに動くあまり大量のホコリが舞ってしまったんでしょうね。機動力がアダになった模様です。

予期せぬアクシデントに見舞われたセレンの代わりにリホが調査結果を報告します。

「ほれ、マリーさん。これが例のマニュアルってやつだろ? むつかしー文句ばかりでちっとも頭に入ってきやしねーけど」

マリーは資料を受け取るとじっくりとソレを黙読します。

「うん、お母様の言っていたマニュアルはまさしくこれよ。怪しい設備はなかったかしら」

「……火葬場の地下にそのまんま放置されていた」

フィロの報告にマリーは神妙な顔で頷きます。

「言い逃れのできない証拠が二つも出揃ったわね。一連の騒動、プロフェン王国の関与を暴く重要な証拠よ」

プロフェンと聞いてロイドが驚きました。

「プロフェン王国が関与していたんですか⁉　あんな大きな国がこんな悪事を……許せません」

「ロイド君……」

「いったい何人の人が『自己啓発セミナー合宿』の被害に遭ったんでしょう！　大国主催のセミナーなんてガストンさんが騙されてもしょうがないですよ」

相変わらず怒りの燃やしどころが明後日すぎるロイドにマリーたちは呆れるどころか「今回はそういう勘違いだったんだ」と合点のいった顔を見せました。慣れって怖いですね。

マリーは気を取り直すとマニュアルを手に真剣な顔になります。

「お母様が言っていた、プロフェン王国トップとアルカ師匠たちの因縁、それは世界を揺るがす魔王解放に繋《つな》がっていると……アザミの人間としてそれだけは許せないわ」

「……機は熟したってヤツ？」

フィロの問いにマリーはウィンクして応えます。

「ええ、乗り込んでとっちめましょう、プロフェン王国に。悪い人はやっつけないと」

「ヴリトラさんも因縁があるみたいですからね、私も加勢しますわ、ねぇヴリトラさん」

しかし呪いのベルトは言葉を返してくれません。

「やっぱスネてるんだろ、しばらくほっといてあげろ」

呆れるリホにセレンは憤慨します。

「なーにを仰《おつしや》いますか！　この程度でへこたれるヴリトラさんじゃありません！　今日は夜通しロイド様の良いところ百選を念仏のように唱えて差し上げますわ！」

「……夜くらい寝かしたれ」

しかしセレンは気が付いていませんでした。ヴリトラは呪いのベルトから憑依《ひようい》を外れ、敵の手に落ちているということに。

たとえるならば真のラスボスに脅迫され裏切ってしまった味方が一人。そしてこちらの情報が漏れている状態で敵の居城に殴り込みに行くことを……

終演の香りが近づいてきました……が、

「悪徳業者の大本営！　僕は決して許しません！」

この無自覚少年のいる限り物語が思い通りにはいかないでしょう、敵味方問わず……ね。

あとがき

時は令和三年。木っ端ラノベ作家サトウは未曾有のピンチに立たされていました。

アニメ化に三か月連続刊行……おっさんの胃腸にダメージを与えるには十分なプレッシャー。

そんなわけで見事胃粘膜がやられまして時間が経つにつれ悪化。「お湯を飲んだら背中が染みる」というヤベー状況に。急きょ人間ドックへレッツゴー。

いやぁ超苦しかったです。人生二回目なのですが何も無かった前回と違い異常アリの今回はことあるごとに胃を膨らませては写真撮影。シャッターも握るタイプのスイッチなので気分は「内臓グラビアアイドル」……なんてボケる余裕もありませんでした、苦しかったので。

で、結果なのですが何と「ピロリ菌」でした。あと太りすぎとも言われました。

というわけで、一週間ほど抗生物質で除去を試みましたがこれがまた効果抜群！　なんと！　夜寝る前にお菓子食べても胸焼けしなくなりました！　食べ過ぎても胸焼けが無くなったのでご飯もお菓子もカフェラテも美味しくて美味しくて――お医者さんに怒られる前に先ずは謝辞を……

担当のまいぞー様。いろいろご迷惑かけて申し訳ございません、今後ともよろしくお願いします。ダメ作家でスイマセン、エッヘッへ。（手揉みゲス顔）

イラストレーターの和狸ナオ先生、毎回素敵なイラストありがとうございます。今回のウルグド看守長がイメージ通りすぎて割り増しでロイド君にボコボコにしてもらいました（笑）

コミカライズの臥待先生。今回のミノキは臥待先生がコミカライズ6巻で描いた「斧を磨いておきました」と秘書が手紙を添えていたシーンを読んで「あ、秘書さんって根っこの部分はいい人やったんやな」と気が付き監獄編の構想が決まりました。この巻の着想は先生のおかげです、ありがとうございます。

スピンオフの草中先生、本編に登場しない新キャラや脚光を浴びたモブキャラがこんなに生き生きとするのは先生のおかげです。本編ではモブだったあの人やこの人（主にテンプルナイト学園関連）の活躍は感激ものです。ありがとうございます。

アニメ関係者の方々お疲れさまでした。アニメ、母親も喜んでおります。「あんたこんな沢山の人が関わっているんだから感謝せなあかんよ」と言っておりました。最敬礼&大感謝です。

関係各所の皆様がた。拙作に色々と骨を折っていただきありがとうございます。作家として頑張らせていただきますので今後ともよろしくお願いいたします。

あとお医者様。ダイエット再開しようと思っています、夏が過ぎる頃には……

そして読者のみなさまにも最大級の感謝を、ここまで読んでくださった方のために綺麗に終わらせられるよう粉骨砕身の覚悟で頑張ります……骨折したこと無いんですけど、頑張ります。

骨より胃に気をつけるべき男、サトウとシオ。

**ファンレター、作品の
ご感想をお待ちしています**

〈あて先〉

〒106－0032
東京都港区六本木2－4－5
ＳＢクリエイティブ（株）
GA文庫編集部 気付

「サトウとシオ先生」係
「和狸ナオ先生」係

**本書に関するご意見・ご感想は
右の QR コードよりお寄せください。**

※アクセスの際や登録時に発生する通信費等はご負担ください。

https://ga.sbcr.jp/

たとえばラストダンジョン前の村の少年が序盤の街で暮らすような物語 13

発　行　　2021年9月30日　初版第一刷発行

著　者　　サトウとシオ

発行人　　小川　淳

発行所　　SBクリエイティブ株式会社

〒106－0032
東京都港区六本木2－4－5
電話　03－5549－1201
03－5549－1167（編集）

装　丁　　AFTERGLOW

印刷・製本　中央精版印刷株式会社

ISBN978-4-8156-0990-0

Printed in Japan　　GA文庫